林贤治 主编
百年中篇典藏

小灯

尤凤伟 著

南方出版传媒
花城出版社
中国·广州

图书在版编目（CIP）数据

小灯 / 尤凤伟著. -- 广州：花城出版社，2020.8
（百年中篇典藏 / 林贤治主编）
ISBN 978-7-5360-9087-3

Ⅰ．①小… Ⅱ．①尤… Ⅲ．①中篇小说－小说集－中国－当代 Ⅳ．①I247.5

中国版本图书馆CIP数据核字(2020)第118791号

出 版 人：	肖延兵
丛书策划：	张 懿
出版统筹：	邹蔚昀
责任编辑：	郑秋清
技术编辑：	凌春梅
装帧设计：	林露茜

书　　名		小灯 XIAO DENG
出版发行		花城出版社 （广州市环市东路水荫路 11 号）
经　　销		全国新华书店
印　　刷		恒美印务（广州）有限公司 （广州南沙经济技术开发区环市大道南路 334 号）
开　　本		880 毫米×1230 毫米 32 开
印　　张		5.625　2 插页
字　　数		111,000 字
版　　次		2020 年 8 月第 1 版　2020 年 8 月第 1 次印刷
定　　价		46.00 元

如发现印装质量问题，请直接与印刷厂联系调换。
购书热线：020 - 37604658　37602954
花城出版社网站：http://www.fcph.com.cn

总序

林贤治

中国新文学从产生之日起,便带上世界主义的性质。这不只在于由文言到白话的转变,重要的是文学观念的革新。从此,出现了新的文体,新的主题,新的场景、人物和故事,于是一个新的文学时代开始了。

以文体论,所谓"文学革命"最早从诗和散文开始。小说是后发的,先是短篇,后是中篇和长篇,作者也日渐增多起来。由于五四的风气所致,早期小说的题材多囿于知识人的家庭冲突和感情生活;继"畸零人"之后,社会底层多种小人物出现了,广大农民的命运悲剧与农村中的阶级斗争进而廓张了小说的疆域,随后,城市工人与市民生活也相继进入了小说家的视野。小说以它的叙事性、故事性,先天地具有一种大众文化的要素,比较诗和散文,影响更为迅捷和深广。

从小说的长度看,中篇介于短篇与长篇之间,但也因此兼具了两者的优长。由于具有相当的体量,中篇小说可以容纳更多的社会内容;又由于结构不太复杂而易于经营,所以,自二十世纪二十年代以来,小说家多有中篇制作。论成就,或许略逊于长篇,但胜于短篇是肯定的。

一九二二年，鲁迅在报上连载《阿Q正传》。这是新文学运动发生以后的第一个中篇小说，在革命的大背景下，为国人的灵魂造像；形式之新，寓意之深，辉煌了整个文坛。阿Q，作为一个典型人物，相当于塞万提斯笔下的堂·吉诃德，在中国，为广大的人们所熟知，他的"精神胜利法"成了民族的寓言。在二十年代，创造社和文学研究会的作家创作颇丰，中篇小说作家有郁达夫、废名、许地山、茅盾，以及沅君、庐隐、丁玲等。郁达夫在五四文学中享有盛名。他的小说，最早创造了"零余者"的形象，其中自我暴露、性描写，在当时是惊世骇俗的，虽然有颓废的倾向，却不无反封建的进步的意义。《迷羊》《她是一个弱女子》是他的代表性作品，打着时代特有的个性主义和人道主义的双重烙印。在丁玲的《莎菲女士的日记》中，作为刚刚觉醒的女性主义者，追求个性解放和自由恋爱的莎菲女士，结果陷入歧路彷徨、无从选择的困局之中，表现了一代五四新女性所面临的新观念与旧事物相冲突的尴尬处境。继鲁迅之后，一批"乡土作家"如台静农、蹇先艾、许钦文、王鲁彦等崛起文坛，是当时的一个突出的文学现象。但是佳作不多，中篇绝少。

毕竟是新文学的发轫期，二十世纪二十年代的小说大多流于粗浅，至三十年代，作家队伍迅速扩大，而且明显地变得成熟起来。有三种文学，其中一种是所谓"民族主义文学""三民主义文学"；另一种与官方文学相对立，在当时声势颇大，称为"左翼文学"。以"左联"为中心，小说作家有茅盾、柔石、蒋光慈、叶紫、张天翼、丁玲，外围有影响的还有萧军、萧红等。其中，中篇如《林家铺子》《二月》《丽莎的哀怨》

《星》《八月的乡村》《生死场》，都是有影响的作品。茅盾素喜取景历史的大框架，早期较重人物的生理和心理描写，有点自然主义的味道，后来有更多的理性介入，重社会分析。中篇《林家铺子》讲述杭嘉湖地区一个小店铺老板苦苦挣扎，终于破产的故事。同《春蚕》诸篇一起，展开二十世纪三十年代民族危难、民生凋敝的广阔的社会图景。《二月》是柔石的一部诗意作品。小说在一个江南小镇中引出陶岚的爱情，文嫂的悲剧，和一个交头接耳、光怪陆离而又死气沉沉的社会。最后，主人公萧涧秋在流言的打击下，黯然离开小镇。作者以工妙的技巧，揭示了知识分子在残酷的现实生活中进退失据的精神状态。诗人蒋光慈的小说《丽莎的哀怨》《冲出云围的月亮》发表后，受到左翼作家的批判，影响轰动一时。其实"革命+恋爱"的创作模式，并不能遮掩小说所展露的人性的光辉。特别在充斥着"左"倾教条主义政治话语的语境中，作者执着于对"人"的描写，对人性与环境的真实性呈现，是极为难得的。萧军和萧红是东北流亡作家，作品充满着一种家国之痛。《八月的乡村》以场景的连缀，展示了与日本和伪满洲国军队战斗的全貌。《生死场》超越民族和国家的限界，着眼于土地和人的生存。"在乡村，人和动物一起忙着生，忙着死"，是贯穿全篇的主旋律。小说有着深厚的人本主义的内涵，带有启蒙的意义。

此外，还有一种文学，来自一批自由派作家，独立的作家，难以归类的作家。如老舍、巴金、沈从文等，在艺术上，有着更为自觉的追求。像沈从文的《边城》《长河》，就没有左翼作品那种强烈的阶级意识。沈从文自称"是个不想明白道理却永远为现象所倾心的人"。他倾情于"永远的湘西"，着意于表现自然之美与野蛮的力，叙述是沉静的，描写是细致的，一些残酷的血腥的故事，在他的笔下，也都往往转换成文化的美，诗意的美，而非伦理的美。巴金早期的小说颇具政治色彩，如《灭亡》；而《憩园》，则是一种挽歌调子，很个人化的。施蛰存等一批上海作家是另一种面貌，他们颇受西方现代派文学的影响，从事实验性写作。不过，值得指出的是，左翼作家是一批青年叛逆者，敢于正视现实、反抗黑暗；其中有些作品虽然因意识形态的影响而在一定程度上削弱了艺术的力量，但是仍然不失为当时最为坚实锋锐的文学，是五四的"人的文学"的合理的延伸。

　　整个二十世纪四十年代动荡不安。这时，除了早年成名的作家遗下一些创作外，新进的作家作品不多，突出的有张爱玲的《金锁记》和路翎的《饥饿的郭素娥》。张爱玲善于观察和描写人性幽暗的一面，《金锁记》可谓代表作。路翎的《饥饿的郭素娥》何尝不是写人性，却是张扬的、光明的、美善的。在劳动妇女郭素娥的身上，不无精神奴役的创伤，却更多地表现出了与命运抗争的顽强的生命力。延安文学开拓出另一片天地：清新、简朴、颂歌式。丁玲的《在医院中》《我在霞村的时候》，以及赵树理的《小二黑结婚》《李有才板话》，形态很不相同，但在文学史上都有着全新的意义。在丁玲这里，明显地带有五四时期的个人主义和女性主义的残留，所以当时遭到不合理的批判。赵树理的小说，可以说专写农村和农民，但不同于此前知识分子作家的乡土小说，强调的不是苦难，而是新生的活力和希望。语言形式是民族的、传统的，结合现代小说的元素，有个人的创造性，但无疑地更加切合时代的需要。所以，周扬高度评价赵树理的作品，称为"新文艺的方向"。

一九四九年以后，中国有了统一的文坛。从五十年代初期的文艺整风开始，多种政治运动接连不断，对作家的思想、个性和创造力造成了不同程度的损害。比如对萧也牧的《我们夫妇之间》的批判，以及随后对路翎入朝创作的《洼地上的战役》等小说的批判，都在小说界产生了直接的消极影响。

二十世纪五六十年代的中短篇小说颇为寥落。少数青年作者带有锐意的作品，如王蒙的《组织部来了个年轻人》，较早表现反官僚主义的主题。小说也许受到来自苏联的"写真实""干预生活"等理论和作品的影响，但是作者无意模仿，这里是来自五十年代中国的真实生活，和一个"少布"的理想激情的历史性相遇。它的出现，本是文学话语，通过政治解读遂成为"毒草"，二十年后同众多杂草一起，作为"重放的鲜花"傲然出现。老作家孙犁以一贯的诗性笔调写农业合作化运动，自然被"边缘化"；赵树理一直注目于农村中的"中间人物"，却在一九六二年著名的"大连会议"之后为激进的批判家所抛弃。"文革"十年，文坛荒废，荆棘遍地；所谓"迷阳聊饰大田荒"，甚至连迷阳也没有。

"文革"结束以后，地下水喷出了地面。以短篇小说《伤痕》为标志的一种暴露性文学出现了，此时，一批带有创伤记忆的中篇如《天云山传奇》《犯人李铜钟的故事》《大墙下的红玉兰》《绿化树》《一个冬天的童话》《被爱情遗忘的角落》等同时问世。《绿化树》叙写的是右派章永璘被流放到西北劳改农场的经历，是张贤亮描写中国知识分子历史命运的一部力作。与其他"大墙文学"不同的是，作者突出地写了食和性。通过对主人公一系列忏悔、内疚、自省等心理活动的描写，对饥饿包括性饥饿的剖视，真实地再现了特定年代中的知识分子的苦难生活。作者还创作了系列类似的小说，名为"唯物论者的启示录"，对一代知识分子命运作了深入的反思。张弦的小说，妇女形象的描写集中而出色。《被爱情遗忘的角落》《未亡人》《挣不断的红丝线》，其中的女性，无论在农村还是城市，无论是少女还是寡妇，都是生活中的弱势者，极"左"路线下的不幸者、失败者和牺牲者。驰骋文坛的，除了伤痕累累的老作家之外，又多出一支以知青作家为代表的新军，作品有张承志的《北方的河》《黑骏马》、王小波的《黄金时代》，阿城的《棋王》等。或者表达青年一代被劫夺的苦痛，或者表现为对土地和人民的皈依，都是去除了"瞒和骗"的写真实的作品。这时，关注现实生活的小说多起来了。无论是蒋子龙的《乔厂长上任记》、高晓声的《陈奂生上城》，还是谌容的《人到中年》、路遥的《人生》，都着意表现中国社会的困境，不曾回避转型时期的问题。《人到中年》通过中年眼科大夫陆文婷因工作和家庭负担过重，积劳成疾，濒临死亡的故事，揭示中国知识分子的生存现状，可谓切中时弊。小说创造了陆文婷这个悲剧性的英雄形象，富于艺术感染力，一经发表，立即引起社会的巨大反响。

二十世纪八十年代初期中国作家非常活跃，带来中篇小说空前的繁荣。这时，出现了重在人性表现的另类作品，如汪曾祺的《受戒》《大淖记事》，张洁的《爱，是不能忘记的》，还有史铁生的《关于詹牧师的报告文学》《命若琴弦》等，显示了创作的多元化倾向。汪曾祺的小说创作起步于二十世纪四十年代，却因时代的劫难，空置几十年之后，终至大器晚成。他自称是"一个中国式的抒情的人道主义者"，小说多叙民间故事，十足的中国风。《大淖记事》乃短篇连缀，散文化、抒情性，气象阔大，尺幅千里，在他的作品中是有代表性的。

八十年代中期，"思想解放运动"落潮，美学热、文化热兴起。在文学界，"寻根文学""先锋小说"应运而生。"寻根"本是现实问题的深化，然而，"寻"的结果，往往"超时代"，脱离现实政治。王安忆的《小鲍庄》，以多元的叙述视角，通过对淮北一个小村庄几户人家的命运，尤其是捞渣之死的描写，剖析了传统乡村的文化心理结构，内含对国民性及现实生活的双面批判，是其中少有的佳作。"先锋小说"在叙事上丰富了中国小说，但是由于欠缺坚实的人生体验，大体浅尝辄止，成就不大，有不少西方现代主义的赝品。

至九十年代，中篇小说创作进入低落、平稳的状态。这时，作家或者倡言"新写实主义"，"分享艰难"，或者标榜"个人化叙事"，暴露私隐。无论回归正统还是偏离正统，都意味着文学进入了一个思想淡出、收敛锋芒的时期。王朔是一个异类，嘲弄一切，否弃一切；他的作品，容易让人想起鲁迅的名文《流氓的变迁》，却也不失其解构的意义。这时，有不少作家致力于历史题材的书写或改写，莫言的《红高粱》写抗战时期的民众抗争，格非的《迷舟》写北伐战事，从叙述学的角度看，明显是另辟蹊径的。苏童的《妻妾成群》，写的是大家族的妇女生活。在大宅门内，正妻看透世事，转而信佛；

小妾却互相倾轧，死的死，疯的疯。这些女人，都需要依附主子而活，互相迫害成为常态，不失为一个古老的男权社会的象征。尤凤伟的《小灯》和林白的《回廊之椅》写历史运动，视角不同，笔调也很不一样。尤凤伟重写实，重细节，笔力雄健；林白则往往避实就虚，描写多带诗性，比较丁玲的《太阳照在桑干河上》和周立波的《暴风骤雨》等经典作品，却都是带有颠覆性的叙述。贾平凹有一个关于土匪生活的系列中篇，艺术上很有特色。现实题材中，余华的《许三观卖血记》，刘庆邦的《到城里去》，迟子建的《世界上所有的夜晚》，胡学文的乡土故事和徐则臣的北漂系列，多向写出"新时期"的种种窘态。钟求是的《谢雨的大学》，解析当代英雄，包括大学教育体制，是一个值得注意的作品。关于官场、矿区、下岗工人、性工作者，现代化、城市化过程中的一些重大的社会事件和现象，都在中篇创作中有所反映，但大多显得简单粗糙，质量不高。

一百年来，经过时间的淘洗，积累了一批具有经典性、代表性的中篇小说。"百年中篇典藏"按现代到当代的不同时段，从中遴选出二十四部作品，同时选入相关的其他中短篇乃至散文、评论若干一起出版。宗旨是，使读者对具体的作家、作品，乃至一百年来中篇小说创作的源流状貌有一个较为完整的了解。

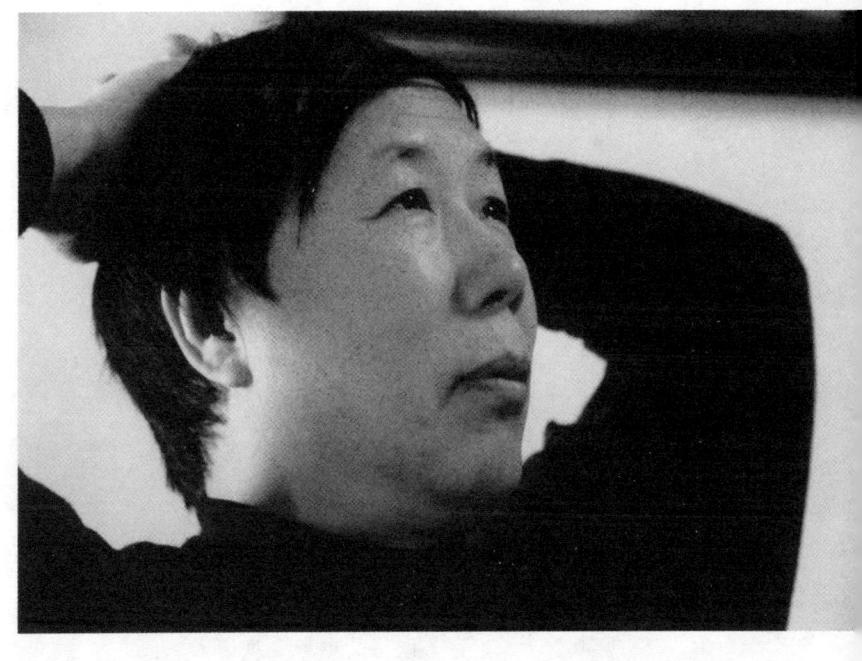

作者简介

尤凤伟,男,1943年生,山东牟平人,现居青岛,新时期开始写作,已发表作品五百余万字。短篇小说《乌鸦》《合欢》《为国瑞兄弟善后》《雪》《隆冬》《风雪迷蒙》及中篇小说《山地》《生命通道》《生存》《石门夜话》《泱泱水》《诺言》《小灯》等颇受好评,并获各种奖项。出版长篇小说《石门绝唱》《中国一九五七》《泥鳅》《色》《衣钵》。出版《尤凤伟文集》(四卷),《尤凤伟自选集》(三卷)及各种作品选集数十种。部分作品被译成英、日、韩、法等文字。根据其小说《生存》改编的电影《鬼子来了》获戛纳电影节评委会大奖及日本每日电影大奖,根据其小说《爱情从这里开始》拍摄的电影《布谷催春》获文化部优秀影片奖(现改名"华表奖")。

小学时代

在家乡的昆嵛山

在20世纪末

在东京街头

在电影外景地

《小灯》手稿

在书房

目录

小灯　尤凤伟　/1
诺言　尤凤伟　/44
是历史也是现实　尤凤伟　/136
一盏照亮人性的明灯
　　——试论《小灯》的叙事策略　姜玉琴　/139

尤凤伟创作年表　/151

小 灯

尤凤伟

杨队长说:"现在开会。来的人都是工作队和贫农团依靠的骨干分子,今后胡庄的土改运动搞得好与不好,就看大家的了。"

胡顺向四下看,看到的都是村里最穷的人。有的在抽烟,有的在掏耳窝,还有的不住地咳、吐痰。满屋子都是烟,烟味儿刺鼻,连抽烟的人都受不了,跟着一声咳。咳完了接着再抽。

杨队长也咳了几声,止住后又说下去:"现在全国的解放区都在搞土改,搞清算,这是革命,是穷人革富人的命。在战场上,穿国民党军装的是敌人,在农村,富人就是敌人。我们的子弟兵在前方消灭敌人,我们在后方消灭敌人。都是革命,都是打仗,仗能不能打好,能不能取得胜利,关键看我们的觉悟高不高，斗争性强不强。这个道理大家懂不懂啊？"

"懂。"胡顺顺口一喊，喊完才发现声音孤零零的，他缩了缩脖子。

"你叫什么名字？"杨队长眼光对上了他，问。

"胡顺。"

"是贫农还是雇农？"杨队长问。

"雇农。"

"好，好，还是雇农群众的觉悟高啊。"杨队长赞扬说，又问，"胡顺同志是民兵么？"

"不是。"

杨队长转向身旁的民兵队长胡起玉说："胡起玉同志，为什么不吸收胡顺同志这样苦大仇深革命热情高涨的人加入民兵队伍呢？"

胡起玉一时答不上来，伸手摸了摸脖子后自言自语说："是呀，咋就把他给忘了呢？"

屋里一阵哄堂大笑。

"好了，大伙严肃点。"杨队长制止说，"现在我宣布，吸收胡顺同志为胡庄民兵营的民兵。"

笑声又起，不过这次是稀稀落落的。

胡顺没想到头一回开会就给工作队留下了好印象，还立马当上了民兵。他想等散了会就让胡起玉给他发枪。有了枪就不一样了，不仅威风，还能偷偷到山上打兔子、打山鸡，过年就有肉吃了。

杨队长又说："现在，我们进行土改的第一步工作，排查村里的斗争对象，划清阶级阵线。大家都是本村的人，谁是富户，谁是恶霸都心中有数。"

"要排出多少人呢？"有人问。

"有多少就排出多少来。"杨队长回答说。

"富户的标准是啥呢？"又有人问。

"这个嘛……"杨队长被问住了，样子有些恼，抬高声音说，"这没有定规，各地有各地的情况，比比看嘛。比方一群猪，哪几头个大哪几头个小不是一眼就分出来了吗？"

"杨队长说得对，一个村的人，谁家有谁家没有，都摆在那儿。我看先拣最大最肥的，一路往下挑。"说话的是贫农会会长胡起生。

胡顺心想自己被杨队长看重，又让当了民兵，得对得住人家，表现积极点，他打头炮，说："我提一户，胡有德家。"

"嗯，好。"杨队长赞许地朝胡顺点点头，问，"他家里有多少地呢？"

"八十多亩。"有人替胡顺回答。

"雇工么？"杨队长问。

"那还用说，长年雇两个伙计，农忙时再雇帮工。"

"有几头大牲口？"

"两头骡子，一头驴。"

"房子呢？"

"十几间大瓦房。"

"足够足够了。真正的'大肚子'啊。"杨队长边说边搓手，有点摩拳擦掌的模样，又说，"胡有德就是反动派，是敌人。是我们的斗争对象。"

"有地有房有牲口就是反动派吗？"

小灯　3

"当然了,那都是剥削得来的呀,剥削就是罪恶呀,就是反动呀,对了,胡有德身上有血债没有?"

"血债?"

"他杀没杀过人。"杨队长问,"他杀过人没有?"

"没听说他把谁杀了。"

"没杀过人,那么逼没逼死过人?比方谁借了他家的钱粮,他逼人家还,把人逼死了。这类事。"

"也没听说有这类事。"

"大伙一块想。这样的事,不要漏过去。"杨队长说。没人吱声,一片吧嗒吧嗒的抽烟声。

"胡有德放高利债么?"杨队长又问。

"放。"胡起玉回答,"富户个顶个放债。"

"几分的利?"

"不一定,三分是它,四分是它,五分也是它。"

"你们都借过他的钱吗?"杨队长眼向四下转转。

"……"没人应声。

"不要害怕,都是老皇历了,不作数了。"杨队长说。

"借了。"

"借了。"

"借了。"

"这么高的利也敢借呀?"杨队长摇摇头。

"遇上过不去的事,不借咋办哩。"

"可借了咋还呢?"杨队长问。

"还上就还上,还不上呗,有啥法子?"

"财主要是逼债呢?"

"逼？要钱没有，要命一条。"有人说。

又是一阵大笑。

静默了一会儿。

"好了，胡有德，定了。下面再提。"杨队长说。不知怎么，胡顺提了胡有德后有些后悔。自己一张口，胡有德就成了反动派。要被斗争清算，他闭了口，不想再提别人了。

可他开了头，后面就提开了。他低着头听。

"我提胡有言。"

"他家多少地？"

"六十多亩。"

"房呢？"

"四合院六间大瓦房。"

"牲口呢？"

"一头骡子，一头牛。"

"放高利债么？"

"放。"

"有血债吗？"

"没听说过。"

"他压榨人么？"

"啥叫压榨？"

"压榨就是欺负，他打过人没有？"

"打过。"

"打过谁？"

"打他老婆。"

哈哈哈……

"不许笑,不许笑,这么严肃的阶级斗争,咋能笑得出来?!"杨队长的脸变了颜色。后来被烟呛咳了,咳了好长时间才止住,他向农会会长胡起生使个眼色。胡起生便站起来代他主持会议。

"再往下提吧。"他开门见山说。

"我提胡建全。"

"中。"胡起生点点头。他自是知情的,用不着像外乡人杨队长那样地多少、房多少一一问了。

"我提胡树召。"

"中。"

"我提胡起成。"

"中。"

"我提毕子通。"

"中。"

"我提胡安福。"

"中。"

"……"

提来提去,总共提出十一户人家作为清算对象。这是胡顺扒拉着指头数出来的。

吃了早饭——地瓜干、咸菜、凉水,胡顺妈说:"顺子,今个是召村集,去卖筐白菜吧。"

"不去。"胡顺说。

"快过年了,卖点钱也好买年货呵。"胡顺妈说。

"今年不用买,有送上门的货。"胡顺说。

"有送上门的货?"胡顺妈问。

"肯定。"胡顺说。

"谁给送?"胡顺妈问。

"地主老财。"胡顺说。

"说疯话。"胡顺妈说。

"不是疯话,过两天就天下大变,斗地主老财,分东西,他们家的猪、羊、鸡、鸭也一起分。"胡顺说,口气像工作队队长或贫农会主席。

"能这样?"胡顺妈将信将疑。

"肯定,被斗户已经定下了,我提了胡有德。"胡顺说。

"能分胡有德?他可是咱村头号'大肚子'啊。"胡顺妈问。

"肯定。"

"你提了胡有德,能多分他家东西?"

"肯定。"

"咱要他家的骡子,那样耕地、驮庄稼、拉磨都不用愁了。"胡顺妈说。想想又说:"要了骡子还能不能要别的呢?"

"肯定。"

"那就再要一头肥猪,过年杀了,卖一爿,吃一爿。加上下水,年就好过了。"胡顺妈昏花的老眼闪出亮光来。

"卖啥哩。不卖,全留着自己吃。这遭不把肉吃够了不算完。"胡顺说着咂了咂嘴好像香喷喷的猪肉已吃在嘴里。

"败家子,哈。"胡顺妈咧嘴笑了。

正说着分东西的事,院门被人推开,胡顺看见的是工作队杨队长和队员小陈。便赶紧迎上前去。

小 灯 7

小陈说:"胡顺同志,杨队长要在村里访贫问苦,他不要别人带路就要你。"

"中,中,中。"胡顺满口应承,杨队长这么看重,叫他受宠若惊,心怦怦跳。

"去谁家呢?"胡顺问。

"去最穷最苦的人家。"杨队长说。

"中,中,中。"

一个村里,谁富谁穷是秃子头上的虱子明摆着的,连想也不用想胡顺便把杨队长和小陈领到村边的一个场院屋。这是瘸子胡发的家。一进门先看见的是炕上几个挤在一起取暖的小孩子。别看胡发是残废,可生孩子有本事。只是有本事生没本事养,大冬天孩子穿不上棉袄,单衣也破破烂烂的,偎在炕中间,像一窝小猪。

除了这群孩子,还有同样穿单衣蓬头垢面的胡发两口子。

屋里连条坐人的凳子都没有,唯一能坐人的地方就是炕,而炕已被那群孩子占得满满的。

胡顺抱歉地朝杨队长望望,又转向胡发说:"你俩不出门不晓得,这是工作队的杨队长和小陈,来你家访贫问苦。"他用上刚学到的时髦词。

杨队长开始工作,问:"胡发同志,家里有几亩地呀?"

胡发摇摇头。

杨队长问:"不种地靠什么生活呢?"

胡发说:"搓草绳。"

杨队长注意地往地上一看,看见满地都是稻草秸。

小陈问:"胡发同志,你家里生活就靠搓草绳?"

胡发说:"她,她隔三差五去要饭。"

杨队长神色凝重,问:"这么冷的天出门要饭能受得了吗?"

胡发说:"她要出门就把我的衣裳也穿上。"

杨队长问:"那你咋办哩?"

胡发说:"到炕上叫孩子围着,挺暖和。"

"封建制度害死人!"杨队长凝重地说,又转向小陈说:"你记住,分浮财的时候,一定让胡发同志去挑一件皮袄。"

小陈点点头,说:"好,穿上皮袄要饭就不怕冷了。"

杨队长不满地瞅了小陈一眼说:"斗倒了地主还要啥饭哩?!"

"对,对。"小陈赶紧承认错误。

杨队长环顾一下草屋,见一处屋角还露着天,叹了口气,停停转向胡发问:"胡发同志,你知道你为什么受穷么?"

"知道。"胡发说。

"说说。"

"因为残废不能劳动。"胡发说。

杨队长怔了一怔,接着摇起头,说:"不对呀,胡发同志,你穷是因为受到地主阶级的剥削压迫呀,封建制度和反动派是罪魁祸首啊。"

"胡发,咱们受穷是因为受富人的剥削呀。"胡顺说,说完又看了杨队长一眼,杨队长和小陈轻轻点了点头。

"富人剥削俺们穷人?"胡发疑惑地问,"他们咋剥削?"

"他们把土地租给穷人,让穷人拿地租,还有,雇农民给

小 灯　9

他耕种。这就是剥削呀。"杨队长说。

"要是地主不租地给穷人,穷人没地种,那咋办哩?"胡发问。

"不租他的地,分他的地。"小陈说。

"分地?那不是抢么?"胡发问。

"不是抢,是剥夺,土地本来是人民的,被他们强占了去。"杨队长开导说,"现在我们闹土改,就是土地还家。"

"地是人家花钱买的,有地契……"胡发还是不太清楚土改的做法。

"地契算个啥,是一张纸,烧了就什么都不是了。"小陈说。声音里透出不满,他是恨铁不成钢。

"胡发,你想不想分地呀!"胡顺质问说。

"分了地我也没办法种呀。"胡发说,"分了地能不能卖呢?"

"不成。"小陈回答说。

"那我就不要。"胡发说。

"那你想要啥呢?"胡顺问。

胡发想了半天后摇了摇头,说句:"俺不要不义之财。"

出了门,杨队长的脸色很难看,胡顺心里忐忑不安,觉得自己做了件对不住杨队长的事,本来想把杨队长领到最穷的人家,却没料到碰上胡发这么个不知好歹的犟孙头,惹得杨队长不高兴。

"还……"胡顺小心翼翼地问。

杨队长点点头转向小陈说:"胡发同志的糊涂观念带有一定的普遍性,这对发动土改斗争非常不利,必须加强引导教育,让他们明白一个根本问题:穷人为什么穷,富人为什么富。"

小陈使劲点着头。

胡顺又带杨队长和小陈去了三户人家。而后松了口气,因为这三家除了一家有胡发那样的糊涂观念外,其余两家都赞成对地主进行清算斗争,那个叫胡义的还有点等不及,说要清算就得尽早,最好赶在年前,因为这样就能过一个富余年了。

见杨队长脸上露出喜色,胡顺那颗提起来的心也放下来了。

当了民兵的胡顺自然要尽职尽责喽,那就是夜里在村街上巡逻,严防阶级敌人破坏。开始他很有一种威风感,将发给他的那杆三八大盖一会儿背着一会儿提着,看见街上流窜的猫狗便端起枪瞄准,随后嘴里发出"叭"的一响,然后咧嘴一笑。他觉得活了二十多年,从来没像现在这样舒心过。当然了,也有不受用的方面,那就是冷。已进到腊月里,天寒地冻,加上身上衣裳单薄,肚里饭食欠缺,更是难以忍受,实在难捱就在街上跑步起来,嘴里默念着出操步点:一二一、一二一……

跑动中他忽然心里一念,与其这么活受罪,不如想点办法。他想起那句叫羊毛出在羊身上的话,既然很快要把富户的财产没收分给穷人,那么自己为啥不能先拿来享用一番?他想起杨队长那天说的分一件皮袄给胡发老婆的话。胡发老婆穿得,自己也穿得嘛。

想定,就来到财主胡有言家门前,这时天已擦黑,模模糊糊能看见紧闭的两扇大门上贴着的对联,他知道这是去年过年贴上去的。他推了推门,没推开,就用枪托子击了几下。

小 灯

"谁呀?"他听出是胡有言本人。

"胡顺——民兵。"他压低声音说。

门开了。胡有言立刻点头哈腰起来,细声细气说:"是胡顺兄弟呀,有事么?"

"看看。"胡顺说着踏进门槛。

进了院子,跟进来的胡有言又问句:"兄弟有事只管说。"

"进屋里说。"胡顺说。

"进屋进屋。"胡有言赶紧把胡顺让进屋里。

进屋胡顺头一个感觉是暖和了,再就是闻到一股香喷喷的饭菜味儿。他看见,胡有言一家子围着一张饭桌在炕上吃饭。有胡有言的白发苍苍的老娘,他老婆和两男一女三个孩子。看见他,所有人都停下咀嚼,瞪大了眼盯着胡顺背在肩上的枪。

胡顺注意的是饭桌上一筐白面馍和一盆大白菜猪肉粉条,都冒着热腾腾的白气,胡顺不由咽了一下口水,肚子跟着叫起来,全村都知道胡有言过日子最最"抠门",除了过年过节,平常一直吃粗粮,菜都很少吃。他想胡有言开始不过日子了,一准是清楚很快便要被清算,于是就胡吃海吃了。

"大兄弟,你吃饭了吗?"胡有言老婆问。

"这么早就吃饭吗?"他这么说的意思自然是没吃,事实上他已经吃过了,还是不变样的地瓜、咸菜、凉水。

"上炕一块儿吃吧。"胡有言老婆说。

胡顺看看四周,从肩上取下长枪立在墙角,做出一副客随主便准备开吃的架势。他认为摆在眼前的好饭食不能吃。理由是他太想吃了。他自己拉不动自己。

胡有言老婆赶紧吆喝几个孩子往后退,给胡顺腾出地方。

胡顺坐下了。他在心里安慰自己:以前来他家从来不嚷嚷叫他吃饭,如今叫他吃,还这么客气,还不是因为要土改了,穷人变香了。土改早就该来了呀,干嘛要等到今天呐。

"胡顺兄弟,喝盅酒?"胡有言还是细声细气的。

胡顺这才看见饭桌上摆着一个酒壶还有一个酒盅,不用说胡有言在享受。

"中。"他说。

胡有言老婆拿来一个酒盅,胡有言给斟上酒。

"干了这一盅。"胡有言举起杯在眼前晃晃,喝了。

胡顺也喝了,一喝便觉出是好酒。

"吃菜吃菜。"胡有言让道。

胡顺从菜盆里拣一块大白肉,送进嘴里,嚼得满嘴是油,香得浑身打颤,连气都喘不匀了。

尔后他就不用胡有言让了,自斟自饮一盅酒一口肉地吃喝起来,似入无人之境。风卷残云般将满桌的饭菜一扫而光。最后打了一个饱嗝,可谓酒足饭饱矣。身子热烘烘的,像披了一件羊皮大衣。

"要土改了,知道不?"胡顺蹦出这么一句话来。

"知道。"胡有言闷声说。

"你怕不怕?"胡顺问,瞅瞅立在墙角上的那杆枪。好像那就是土改。

"咋不怕?"胡有言也随着胡顺的眼光瞅瞅那杆枪。

"你后悔不后悔?"胡顺又问。

"后悔?"胡有言不解,收回眼光看着胡顺的脸。

小 灯

"后悔以前那么过日子,不吃不喝,攒钱买地呀。"胡顺又打了一个饱嗝。

见胡有言不吱声,胡顺叹口气说:"后悔也晚了。世上没有卖后悔药的。"

"顺子,帮帮俺吧,帮帮俺吧。"坐在炕角上的胡有言的老娘哀求说。一副要哭的样子。

"兄弟,你是工作队的积极分子,你说话管用呵。"胡有言说。

胡顺心想:胡有言也知道我是土改积极分子,看来全村都知道了。他挺高兴,满口应承说:"中,中,中,到时候我在杨队长面前说说你家的好话。叫他相信你是好人。斗争时留点情面。"

"谢谢你了顺子。"

"谢谢你大兄弟!"

"兄弟谢谢你啦。"

全家恨不得给胡顺磕头作揖。

胡顺醉醺醺的,可头脑还算清醒,他记起自己担负的职责,便起身从墙角捡起枪,提溜着摇摇晃晃地往外走。走到院子,一阵夹雪的冷风迎面扑来,使他打个寒颤,这时他才恍然想起自己来胡有言家的目的,他停下脚步,转身对送他的胡有言两口子说:"这样的天气站岗冻死人呵,借,借我件衣裳穿。"

胡有言两口子像没听见,眼对着眼看。

"家里有皮袄么?"胡顺开门见山,"借我穿穿。"

"呵,有,有。"胡有言说,说毕冲老婆说,"快回去拿来。快回去拿。"

等胡有言老婆的时候，胡顺安慰胡有言说："反正你家的东西早晚都要充公，给谁还不是给。你说是不是这个理儿？"

"说的是，说的是，给大兄弟最好。"胡有言忙不迭地说。

胡有言老婆抱出一件皮袄，递给胡有言，胡有言又递给胡顺，说："天可真冷，快穿上吧。"

胡顺把枪用两腿夹住，穿上厚重的皮袄。

出了门。

走在街上，胡顺不由在心里念叨着：土改好啊，土改好啊，可没过多久他就警醒起来，要是让人看见他穿了皮袄，准会起疑心的。他胡顺能有这么好的衣裳，谁会相信呵！那就露马脚了。杨队长在会上说过积极分子要和地富划清界限，不能贪财贪色，被人家拉下水。想到这儿，他的心怦怦跳起来。

还给胡有言吧。他转过身，一步一步朝胡有言家走去。

又停下来，没别的，他太舍不得这件皮袄了。有了它，就不知冷是啥滋味儿啦。多好啊。

他重新起步，朝自己家门口走去。

再出门的时候，皮袄就不在身上了。已经消了酒，比原先更觉冷了。

"他妈妈的。"他骂了一声，想，"闹革命这么受罪，可是不对头的。"

也是急中生智，胡顺心中又生出主意：皮袄太显眼，穿不出去，那就要棉袄、棉裤，穿在破衣裳里面，谁也看不见的。

对头。

小灯　15

他走到胡树召家门口,敲了门。

也是适得其时,就在胡顺把自己"武装"起来不久——从胡树召家"借"了棉衣,从胡起成家"借"了一双大头鞋,从毕子通家"借"了一顶狼皮帽——村里的清查斗争便开始了,就是说赶在分"果实"之前,胡顺已提前"借"到手了。他自是晓得这是有借无还的。他心里很是得意。

"开会啦,开会啦,斗争地主富农大会,大伙都得去,大伙都得去……"街上几个背枪的民兵用手做个喇叭状不住口地吆喝。其中有新民兵胡顺。

会场在十字街口。临时搭起一个台子。往年过年的时候也在这里搭台子,唱大戏。

开会。真是稀罕事,从古至今好像没人召集全村人在一起开过会。这新鲜事使全村人都轰动起来,好像捅了马蜂窝,到处议论纷纷。不一会儿,差不多所有的男人女人老人孩子都从家里出来,走到街上,互相打着招呼向村中间走去。

台子前早集聚了一堆人,是先到的男人们,穿着清一色的黑衣,抽着清一色的短竹管烟袋。他们一边谈话,一边咳嗽、吐痰,抽完一袋,接着又小心地从挂在腰间的小皮荷包里掏出一小撮烟末,把它装进黄铜烟锅里,然后用火镰在火石上敲出火星,把燃着的火绒按在烟锅上,有滋有味地抽起来。要是谁带来的是上品的烟叶,他的烟袋就会在人中间传来传去,每个人都尝一口。

围在男人后面的是女人们,女人永远顾惜时间,开会也从家里带来针线活,有的拿着小木块捻麻线,有的用已经捻好的麻线纳鞋底,居然还从外村赶来些小商贩,在人群后面叫卖干枣、麻糖、花生米之类的东西。孩子们眼巴巴地围着,馋得不行的样子,可没几个人肯出钱去买。

吆喝完了人,胡顺和其他几个民兵一起站在人群后面,任务是放哨,防止有人破坏斗争清算大会。胡顺看见工作队杨队长,民兵队长胡起玉,农会会长胡起生,他们站在台子上说话,像在商量事情。会场嘈杂,听不见他们说的是什么,但肯定是与斗争会有关,村人都知道,眼下的胡庄,这三人掌管着生杀大权。

突然变得鸦雀无声。大家都不知发生了什么事,四下观望,很快便清楚是怎么回事了:原来是民兵将斗争对象押解到会场了。他们像演戏的角色一样,从后台上去,又从出台口出来,然后被民兵扒拉着在台上站成一排。都是一个村里的人,平日抬头不见低头见,都认得。胡顺端量一下,就是那次开会积极分子提出的那些人。当然也有他提的胡有德。也许觉得与他有瓜葛的缘故,他的眼光先盯着胡有德。胡有德这个四十多岁的男人好像一下子老了许多。平日的体面样子也不知到哪去了。低着头,弯着腰,不住地从口袋里掏出手绢擦鼻涕。接着胡顺把眼光又投向胡有言,胡有言个子很矮,站在胡有德旁边就像个没长大的孩子,显得可怜兮兮的。他自然而然想起那天在他家吃饭时胡有言央求关照他的话。当时他应承了,是从心里应承的,现在胡有言站在台上等着挨斗,胡顺心里还想着自己的应承,可他不知道怎样才能兑现自己的承诺,从老辈起就有那句大丈夫一言既出驷马难追的话。可他不知道怎样做才能帮他。他觉得不仅对胡有言,对站在台上的另外一些人也都应

小灯　17

该相帮,前几天他去他们家"借"东西,个顶个都是爽爽快快的。没人说个"不"字。有的,比如胡起成,"借"他的棉鞋他还问问要不要袜子,边问边往他手里塞。他觉得他们都挺可怜的,能帮则帮吧。

正式开会后场子静下来,先是杨队长讲话,他代表人民政府做动员,内容与胡顺在积极分子会上听到的差不多,土地呀、雇工呀、高利贷呀,九九归一,农民所以受穷受苦全是因为受了财主们的残酷剥削。因此,现在由共产党和人民政权替穷苦百姓做主,向地主老财这些罪人进行清算,进行控诉,把心中的苦水倒出来,彻底翻身。

杨队长动员完毕,农会会长胡起生宣布控诉开始。

会场又一次鸦雀无声,人们大眼瞪小眼,没一个站起来控诉。

胡起生有些焦急,眼光向台下四扫,不住声地吆喝:"谁打头炮,谁打头炮!"

"大伙不要有顾虑,有杨队长和工作队撑腰,啥也不要怕的。"胡起生说。

还是没人上台。

"不要等了,不要等了,大家要积极投入斗争,不要等了,不要等了。"胡起生急得都不知该怎么说了。

有一个人走到台前。是民兵队长胡起玉,他本来就在台上的,杨队长讲话时他和胡起生坐在后面的板凳上,见群众不响应,他就自告奋勇站起来救场了。

胡起玉向前斜背着一支带皮套的短枪,他把手按在枪上,显得既威武又潇洒。他开始讲话:"乡亲们,我们的时机到了,大伙想想我们是怎样受欺负的,地主富农们抢走了我们的土地,打我们、踢我们,害得我们家破人亡。现在天下是我们的了,我们有政府和工作队做靠山,大伙把苦水倒出来呀!血债要用血来还。"

大伙本来以为胡起玉站出来要控诉,没料到还是在做动员,大伙恍然大悟了,胡起玉并不了解村里的多少情况,因为他小时候一直住姥娘家,后来又在外村给人家当上门女婿,前几年老婆跟一个卖布的贩子跑了,他才回了村。他能知道个啥哩。

胡起玉见还是没人上来,又接着说下去:"早先地主老财看不起咱们,把我们当成牲口,当成猪狗,只有今天我们才能站起来说话,大伙瞧瞧吧,这村子现在是我们的了。"他把手一挥,在眼前画了一个很大的圈,"有什么可怕的呢,我们打倒了财主我们就能富裕起来,有土地、房子和牲口,当家做主能过上好日子。"

他说得朴实而且明白,也都是事实,没半句是谎言,外村土改的情况早已传到村里,都清楚土改怎么搞法,许多地主被打死了,土地房屋及家具、家财都分给了穷人。胡庄肯定也要这样的。

可还是没人动,没人说话。

"说吧,谁来揭发这些家伙犯下的罪?"

还是无声。

"胡起宝,你上来说。"胡起玉用手往台下一指。

"胡起宝你不是给胡有言当过好几年长工么?你不是老是在人前抱怨他吗?你上来控诉他。"

"我……"胡起宝犹犹豫豫地站起来,用手摸头上的破帽子,身子没动。

"上来!上来呀!"

"胡起宝同志,大胆一些嘛,我们工作队给你撑腰!"杨队长站起来向他招着手。

胡起宝从人堆里走出来,耷拉着头向台前走去,看那神情,好像挨斗的不是胡有言,而是他。胡起玉从台上伸手把他拉上去。

胡顺看呆了,他不晓得胡起宝会怎样来控诉胡有言。按辈分胡起宝该叫胡有言叔,还没出五服。胡起宝给他扛过活不假,可胡起宝懒得很,鸡叫三遍都不起来,后来胡有言不想要他了,他又央求留下。

出乎大家意料的是胡起宝不揭发胡有言,而是冲着毕子通,他指着毕子通大声嚷嚷:"毕子通你知道你犯了啥罪么?你说你说!"

毕子通满脸惶惑。

"你不说我告诉你。"胡起宝把手往下一挥,"你个外姓人,死皮白赖地搬到俺们胡庄,为啥呢?为的是来剥削俺们,卖烧肉赚钱你就卖烧肉,卖瓦盆赚钱你就卖瓦盆,卖鱼虾赚钱你就卖鱼虾,你他妈的心眼鬼着哩,变着法儿赚俺们的钱。赚了钱就一亩一亩的买地,一头一头的买牲口,还给儿子一房一房的娶老婆,好事都叫你得着了,你说你的罪过大不大呀!"

"罪过大,罪过大。"台下有人回应。却是稀稀落落的,又惹得人们一阵笑。

杨队长皱起了眉头。

"起宝,你揭发胡有言吧。你了解他。"胡起生引导说。

"中,我揭发。"胡起宝将身子侧向胡有言,说,"叔,你听着,我给你扛活,累死累活,可你总是不满意,逼我干这干那,一点不爱惜我的身子。饭食也不好,家里有那么多麦子,不吃,都拿到集上卖,净吃些粗粮,菜里也没有肉。弄得我肚子整天咕咕地叫,像里面装了一窝蛤蟆。"

"哈哈哈!"全场哄然大笑。

"有一次,你还抬手打我耳光!有没有这么回事,你说!"胡起宝质问。

"有。"胡有言承认。声很细小。

"大声点说。"胡起生朝他厉声呵斥。

"有。"胡有言抬高声音答。

"胡起宝,揍他!扇他耳光!"下面有人喊。像故意起哄。

胡起宝大步跨到胡有言身前,把手掌高高举起,刚要往下落,又缓缓放下,说:"不行,不行,脸太瘦,到处露骨头,会硌痛我的手。"

下面又是一片笑。

有人说:"胡起宝,你他妈的是想等着他把脸吃胖了再打吗?那得等到猴年马月呀。"

有人说:"胡有言那'狗食'的,到死也不会把脸吃胖呀。"

有人出主意:"打他的腚巴子,腚巴子不硌手。"

胡起宝装没听见,对胡有言晃晃拳头,说:"早晚我会收拾你的。"说完跳下台子。

小 灯

又惹得一片笑。

"严肃点！严肃点！"胡起玉看看铁青着脸的杨队长，又转向大家喊，"下面谁再控诉。"

"……"

"你，胡学本，你上来！"胡起玉往台下一指。

"我，等等。"

"你，胡学全，你上来！"胡起玉把还没放下的手向旁边一移。

"我，也等等。"

"等等，等等，分胜利果实的时候也等等么？那会分不到的。"胡起玉气愤地说，"咱们的政策是谁斗谁分，不斗争的什么也得不到，土地、房屋、牲口、浮财，啥也别想得到。"

"嗡"的一声，下面议论纷纷。

杨队长站起来走到台前，两眼扫扫台下，说："胡连长说得很对，上级有指示，谁斗谁分。这符合社会主义分配原则：按劳取酬，不劳动者不得食。"

"我揭发！"人堆里有一个汉子站起来，大步走到台前，跳上去。

胡顺认得，他是杀巴子胡有增。

胡有增是冲着胡起成去的，他先打了胡起成一记耳光。打得并不重，声音像拍了一下手掌。胡起成蹲下了，用手抱住脸。

"站起来，站起来。"胡起玉大声命令。

胡起成站起来，眼里注满泪水，骇怕地望着胡有增。

"你说，"胡有增指着胡起成的鼻子，揭发说，"那年拔完麦子，我捡麦穗捡到你家地里，叫你看见了，非没收不可，你这么贪心，自己吃肉，连骨头也不许别人啃，你说你狠不狠？"

"我不对，有增兄弟。"胡起成赶紧认错，抱拳朝胡有增作揖。

"你现在知道不对了，知道给穷人作揖了，那时候呢？你眼珠子瞪得有鸡蛋大吓死个人哩。"胡有增说。

"我混蛋，我混蛋。"胡起成连连告罪说。

"你的罪过不小哩。那年我向你借了两块大洋，刚过一个月，你就要我还，我说还不上，你叫我先还利息。我说利息也还不上，你让我给你一挂猪小肠，我杀一口猪才赚一挂猪小肠，给你我咋办？你说有没有这码事？！"胡有增控诉说。

"我不对，我财迷心窍。兄弟，那钱我不要了，不用还了。"胡起成说。

"还？美的你，从借那天我就没打谱儿还，你剥削人，能让你得逞了！"胡有增说，"还有……还有……算了，你的罪过太多了，三天三夜也说不完，我先说这些，等想起来再说。"

胡有增说完从台上跳下来，回到了人堆。

胡顺看见台上的杨队长不住地摇着头。

胡顺的心噗地一跳，他发现杨队长和自己对上了眼光。果然，杨队长朝他招招手，说："胡顺同志，你上台来揭发控诉，你行，我知道你行，来呀！"

胡顺本来没打算揭发，不仅没这个意思，心里仍想着胡有言让他关照这码事。现在听杨队长点他的将，他知道不行动是不成的。分不到胜利果实不说，还会改变原先留给杨队长的好

小 灯　23

印象。那就糟了。不成。这么想着他就硬着头皮走到台前,像胡有增那般跳上去。

他先控诉胡有德。胡有德是他提名的,且自己没去他家"借"过东西。揭发他是应该的。

胡有德是个大个子,挺威风,穿戴也很讲究,像个城里的买卖人。

胡顺望了他一眼,心里不免有些打怵。

他说:"胡有德你凭着有钱有势,眼睛望天,摆臭架子,不和凡人搭腔。你剥削穷人,自己吃好的穿好的,享受荣华富贵,不管穷人挨饿挨冻。有一年冬天我在街上碰见你,你穿着皮袄,戴着皮帽,保暖得很哩,连耳朵上还戴着兔毛护耳。我觉得新鲜问你兔毛护耳暖和不暖和,你抢白说:'不暖和戴它干啥?!'我说你摘下来我戴戴试试。我只是想试试暖和不暖和,没别的意思,可你连理都不理,撂腿走了。你说你横不横啊。"

"有这码事?我忘了。"胡有德说。

"你忘了,我可没忘。"胡顺说。

"对不起,可能当时我没当回事。对不起。"胡有德说。

"说句对不起就行了,这么轻巧?就凭这一件事,我就不能原谅你。"胡顺说完跳下台。

下来后他觉得自己砸锅了,不应该只揭发这么一件兔毛护耳的事就完了。还应该揭发点别的。可自己竟然下来了。杨队长肯定是不会满意的。自己咋这么不争气啊。

他脑袋嗡嗡地响,再就啥也听不清了,直到散会。

胡庄的清算斗争吃了夹生饭,陷入僵局。情况传到县里,引起县土改工作团高度重视。为尽快使胡庄打开局面，走上正常轨道，工作团指示胡庄的清算暂停几天，立刻由工作队带领积极分子到土改工作先进村庄去现场观摩、取经。接到指示后，村工作队组织了一个二十余人的取经队伍。杨队长亲自带队。

胡顺在其中。

要去取经的村子叫河口，是胡顺的姥爷家，在胡庄正北八里。汉河连接着两个村子，河堤是天成的道路。

队伍列队在堤坝上行进。河水已经结冰，像一块长条白布落在河沙上，蜿蜒向前。雪停了，风很大，顺着河床刮来，扑在人们身上，都冻得瑟瑟缩缩。胡顺倒没觉得怎样，他贴身穿着"借"来的棉袄棉裤。冷风吹不透。唯一冷的地方是头部，他没敢戴那顶从毕家"借"来的狼皮帽，那样太显眼。这帽子毕子通常戴，很轻易就被人认出来，那就麻烦了。违犯纪律会被开除出民兵队伍。他不想这样。

因为是顶风行进，速度很慢，一行人好像粘在河堤上。待到河口村前，日头已升上半天了。风送过来一阵阵高昂口号声。这是斗争会已经开始的标志。

走下桥头，看见河坝下面有几个人在扬锹挥镢，干得很欢，已挖出一个好大的土坑，有人问挖坑做什么。回答说埋人。又问咋不埋进坟茔里去？人家反问：啥样人都能进祖宗坟茔？

胡起玉吆喝起来。人们便不再多问，走下河坝，向村子走去。不用人带路，也不用寻找，口号声把胡庄人引到清算大会会场。同样在十字路口,同样是搭起来的台子。不同的是村大人多,会场一片黑鸦鸦的人群,群情激昂,不停地朝着台子上一拉溜低头弯腰的斗争对象喊叫挥拳。

与同来的人相比,胡顺的心情是异样的,因为他对这个村子十分熟悉,每年都来走几趟亲戚,还一度在姥姥家住过两年。对村里大部分人都认识,无论台下斗人的还是台上被斗的。

会场的气氛火药味浓烈,民兵的步枪上了刺刀,干部的手枪持在手里,显得杀气腾腾的。

胡顺认出,站在台前正被斗着的人是地主李福大。李福大身后是长长的一排。河口村的富户很多,原因是这一带土地肥沃,交通方便,又临海,海产品交易兴隆。胡顺不晓得李福大算不算上村里的首富,只晓得这个人在村里名声不好,他曾多次听姥爷背地里咒骂,说他是个恶霸。胡顺下意识四下瞅瞅,想看看姥爷来没来会场,没有看见。他觉得姥爷是应该来的,因为他恨李福大。

此时台上的李福大就像一出戏里的主角,被好几个衣裳单薄破旧的汉子围着,怒不可遏地用手指着他的鼻子斥责。因为风大,话声被风吹向一边,胡顺听不见,他想知道李福大到底有多大罪恶,便向下风头走过去,走到台子侧面的一棵槐树下,他能听见了,听了一会儿晓得李福大正被指控曾犯下的一桩命案:在给小鼻子当伪村长的时候,李福大将一个偷偷跑回家的八路捆起来,送到敌人的炮楼里,结果被小鼻子用刺刀穿了胸膛。控诉他的是被害人的大哥,叫李承宽。住在村子的东头。离台子近了,能看清李承宽痛哭流涕的样子。胡顺想起自己村一个有血债的汉奸，小鼻子投降那年就给抓起来镇压了，可为啥同样有血债的李福大就没遭清算活到今天呢？他很有些不解，便侧了耳朵，仔细听李福大为自己辩解。因他低着头，嗓门又沙哑，听起来很费力，断断续续的。听到最后胡顺才听出个大概。李福大说李承起（那个被日本鬼子杀害的人）回来对他说他不想回队伍了，想到炮楼里给日本人做饭。他开始不同意，说危险。李承起说不怕，鬼子不晓他的底细。就这么他就把李承起送到炮楼里。后来他才听说李承起自告奋勇去炮楼是执行上级的指示，深入敌巢搜集情报。暴露后被小鼻子杀死了。他说他没有责任，鬼子投降后上级找他调查他就是这么说的。但是，李福大为自己的辩解是无力的，也没人肯相信他。都相信李承宽说的是事实。认为李福大应该为李承起的死负责。口号一阵响过一阵。李承宽愤怒了，动手揍李福大，开始打他耳光，后来把手握成拳，没头没脸地打。打得李福大趔趔趄趄。不久，其他人也参与了对李福大的袭击，拳头和脚雨点般落到李福大身上，边打边骂。李福大努力不使自己倒下，好像清楚一倒下就没命了。他就像一头被围打的驴子一般又蹦又跳，嗷嗷直叫。台下出现了新的严厉口号：打死他！镇压他！血债要用血来还！好像是个号令。胡顺看见站在李福大身后的一个壮汉扬起一根木棒子，泰山压顶般朝李福大的脑袋劈下，随着一声闷响（不晓是击声还是吃声）李福大直挺挺倒在地上。倒下后完全没有声响，血和脑浆流了出来。

死了。

胡顺的喉咙里一阵发咸，生出要呕吐的感觉。这一刻他忽然想起自己的爷爷，爷爷中年时得了痨病，一直病恹恹地活着,活到七十岁那年不行了。棺材做好了,寿衣放在炕边,就这么还活了大半年。可眼前看见的李福大的死,是那么简单利落,和杀头活猪也差不多。胡顺觉得身上一阵阵地发冷,尽管破衣裳里面有新棉花做成的棉衣,他还是冷得牙齿打颤。他退了出来,离开会场,朝姥爷家走去,他想去那里躲一会儿。

只有姥爷在家,姥爷没去参加斗争大会是因为病了,躺在炕上。胡顺告诉姥爷他是来参加斗争会的,来学习。姥爷好像没弄明白,直盯着他看。他又说刚才斗了李福大,把他打死了。姥爷说活该。停停又说,他早就该死了。他想看来李福大不是个好人,村里的人都仇恨他,平时没法子治他,一有了机会就不饶。不过他的思想还集中在那一点:李福大到底有没有血债,那个叫李承起的人的死与他究竟有没有关系。如果真是他告的密,那偿命没的说。从老辈子起就有杀人偿命的铁律。

他问姥爷:"李福大有人命案吗?"

姥爷说:"有,他害了李承起,一个八路。咱村的。"

他说:"可李福大不承认啊,说不是他干的,赌咒发誓,嘣嘣的。"

姥爷说:"那没有用,人没有承认自己是坏人的,都说是个善人。"

他想想又问:"除了这一项,别的呢?"

姥爷问:"啥别的?"

他说:"就是待人咋样,恶不恶?"

姥爷说:"咋不恶?不恶咋全村没一个喜见他的?租地、借钱,租息比别人都高,谁还不上就到人家里去牵驴赶猪、挖粮食,六亲不认的。"

他问:"姥爷你借过他的钱吗?"

姥爷说:"借过。到期了他叫还。我说还不上,宽限几天吧。连听都不听就吩咐伙计把刚下完猪仔的老母猪赶走了。眼见小猪要饿死,没法,赶紧凑钱去把老母猪赎了回来。你说他恶不恶?善有善报,恶有恶报,不是不报时候不到,这不时候到了就有了报应。真是活该。"

胡顺不再说什么了。刚才打死李福大带给他的恐惧,也慢慢消退了。

和姥爷又说了会话,他觉得该回会场了,要让人看见不在那儿可不好,会批评他对"斗争"缺乏认识。刚要起身,听街门"哐"地一响,表弟一股风进了屋,进屋便吆:"打死人了!"

胡顺姥爷说句:"知道,不就是李福大那鸟玩意儿?"

表弟分辩说:"还有还有,不光是李福大,刚才又打死了李福星和李承吉。"

胡顺一怔,张张嘴没出声,心里喊:天老爷!一会儿工夫又打死两个人。

他看看姥爷,姥爷点了烟锅吧嗒吧嗒地抽。

姥爷从嘴上抽出烟袋嘴,问表弟:"咋打死的?"

表弟说:"一样,棒子。"

姥爷问:"照头?"

表弟说:"照头。"姥爷又抽了几口烟后慢吞吞说:"打错地方了。"表弟问:"咋?"姥爷说:"不该当打头。"表弟问:"该当打哪儿?"姥爷说:"打腿。留命不留腿。"表弟说:"把腿打折了?"姥爷说:"按罪过轻重,李福星断两

小灯　29

条腿,李承吉断一条腿。"

胡顺听了十分惊讶,姥爷咋像个法官似的,判谁咋样的罪,心里像有一杆秤。

表弟说:"爷,你是说李福星和李承吉都不当该死?"

姥爷说:"咱这是在家里说说,出了门可不能这么说。千万千万。"

表弟说:"下面轮到李福有和李福斗了,爷,你说他俩该啥样?"

姥爷叹了口气,说:"问我,我能说了算吗?我是工作队的人,还是农会的人?……"

表弟说:"你要能说了算,这两人该当咋处置啊?"

姥爷又吧嗒吧嗒抽起烟了。过后把烟锅往炕沿上一磕,说:"这俩玩意儿嘛,给个三拳两脚,也就差不多了。"

表弟要赶回会场看后面的结果。他就跟着一块出去了。

他吓了一跳,远远地看见有两个人被头朝下吊挂在大楝树上,头离地有一丈多高,身子被风刮得像钟摆一样的晃,表弟问他认识不认识这两个人。他摇摇头。表弟说你一准认识,只是因头朝下才认不出来。他问:"是谁呢?"表弟说:"就是我刚才在家里说的李福有和李福斗两兄弟。""哦。"他吮了一声,他岂止认识,还很熟呢。两兄弟合伙在前街开了一爿豆腐铺,他常替姥爷家去买豆腐,逢上兄弟俩中的一个高兴,便会盛一碗豆腐脑给他喝。白喝不花钱。当然那时他还是个孩子。长大了人家就不给了。他问表弟:"要把他俩咋样呢?"表弟说:"不晓得。靠前看。"

靠近了果然就认出是卖豆腐的李福有和李福斗兄弟俩,因倒悬着脸红得像抹了一层猪血。眼珠子突得像要掉出来,嘴里冒着血沫儿。表弟向四周的人打听一下,才把这一幕弄明白:村里人认准李家两兄弟是富户。可他们挣了钱不置地产,把钱弄到哪里去了?不用说是兑换了金条银元藏了起来,或者存在城里的银号里。斗他俩,也就是冲着这些钱财。可两人总共交出八十块银元就说没有了。谁也不肯相信,卖了这么多年豆腐就攒下八十块大洋?打,揍,还是说没有。本想打死了结,但有人不同意,说打死别人他们的地还在,要打死李福有、李福斗他们的钱财就"黄"了,再也得不到了。所以不能早死。所以就把他俩吊在树上,不交钱不行。

将李家二兄弟"挂"起来,又斗起另外一个人。这个人好像吓破了胆,跪在台上磕头作揖喊饶命,被民兵一脚踢倒。

出村后看见民兵往刚挖好的坑里埋刚刚被打死的李福大和其他几个人。杨队长不失时机地教育大家说:"瞧人家的工作做得多么细致呀,提前把埋人的事都想到了,咱们的工作与人家有很大差距,得好好向人家学习。迎头赶上啊!"这一刻,胡顺眼前浮现出另一些被打死的人,从血肉模糊的脸认出是胡有德、胡有言、胡树召、胡起成、毕子通……这些胡庄在册的人……

观摩了河口村第二天又观摩了界石村,按原计划还要再观摩一两个村子,可这时所有人都没有耐心了,无论是工作队、村干部还是积极分子都热血沸腾,摩拳擦掌了,就是说别村的斗争烈火,已经将胡庄熊熊燃烧起来。特别是看到人家在斗争胜利之后得到的胜利果实:土地划到名下、搬进地主的瓦屋、使上了财主的牲口、穿上了财主的衣帽,大伙觉得就像梦里的事情来到眼前，真有点迫不及待了。工作队认为时机已经成熟，要趁热打铁，一举粉碎盘踞胡庄千百年的封建堡垒。

又开了积极分子动员会，杨队长首先通报了河口村的阶级斗争新动向，地主阶级不甘心灭亡，对抗群众的斗争，就在开过斗争会的那一晚，被处决的地富分子的子弟们纠合起来，救下了倒挂在树上的李福有、李福斗兄弟，逃出村去。去向不知。杨队长说为了防止河口村的变故在胡庄重演，必须采取果断行动：将胡庄的斗争对象和他们的家人抓起来集中看押，防止潜逃。另外，第二天的斗争大会要做好充分准备，埋人的坑，打人的棒子和吊人的绳子也都要准备好，免得临时抓瞎。杨队长又做了工作部署：民兵连负责抓人和看押，农会负责斗争大会事宜。最后杨队长如同战场上的指挥员那样抬腕看了看手表，说句：现在是上午十点三十分。战斗下午一点打响。

散会后胡顺没立即回家而向村边走去，他要去找胡发，他想和胡发好好谈谈，劝告他不要拒绝接受土地。土地是庄稼人的命根子，不要是犯傻。至于能不能耕种，那是以后的事。即使不能出卖又不能出租，也可以与别人搭伙耕种，胡庄是个缺地的村子，他算过，就是把地主富农的土地全部没收过来，全村一口人才分一亩多。不够种。他愿意和胡发搭伙。他要和他合计合计。

快到村口时，胡顺听到后面有人"顺子大哥，顺子大哥"地喊，转过身，见是胡有德的小闺女小灯。他心里嘀咕：小灯找他干啥呢？特别在这种时候。他转向四下观观，见没有人，便停下脚，等着小灯。小灯是胡有德前妻生的孩子，胡有德续弦后又得了一个儿子，但村里人都知道胡有德特别疼爱没了亲娘的小灯，当成掌上明珠。每回逢上，小灯都是"顺子大哥，顺子大哥"地叫，很是亲近。

"顺子大哥，顺子大哥……"跑到跟前的小灯将手里的一件白绒绒的东西往他手里塞。

"是啥呢？"他戒备地问。

"你看看。看看就知道了。"小灯笑盈盈的，小脸蛋像个开花的红石榴。

他犹豫了一下，还是接过来，展开。原来是一副兔毛护耳。

"这……"他哑声。回想起那天上台控诉胡有德。本来他没打算这么做，他平常和胡有德不怎么犯事，好赖都不大知道。杨队长临时点他的将，他不能不听，一时想不起控诉啥，无法就说了兔毛护耳的事。那码事胡有德不给他面子，他确实很生气。

"小，小灯，你也知道我……我说了护耳？……"他磕磕巴巴地说。

"知道，全村都知道的，全怪我爹，他不对，我和妈都说他了。"小灯说。又催促："戴上吧！戴上吧。"

他想问是谁叫她送来的，她爹？她妈？还是小灯自己？可他没问。

"顺子大哥，你戴上，戴上。"

他把兔毛护耳还给小灯，说："俺不要，留着吧。"

"不，不，给你，俺爹有围脖，俺和妈有围巾，你没有这些，天这么冷，耳朵露在外面，受不了。"小灯恳切地说。

他不知怎样才好。

"你，你不肯原谅俺爹？是不是，顺子大哥？"小灯的笑脸变成哭脸。

"哦不，不是。"他说。

"不是你就戴上，戴上，试试暖和不暖和。"小灯又说。

他觉得鼻子酸酸的，想小灯这么亲和人，就戴上试试吧。都说在冬天一个半两重的护耳比一件三斤重的棉袄还管用。能是真的么？

他就把护耳戴到耳朵上。果然，立马就觉得很不一样，又软又暖，耳朵就像叫两只热乎乎的手给捂起来了。真是个好东西呀。

"顺子大哥，暖和不暖和呀？"小灯问。

"暖和哩。"他说。

小灯的小脸又笑成个红石榴。他摘下护耳，再次递给小灯。

小灯不接。

"送你哩，送你哩。"小灯转身跑走了，边跑边回头看，一副取得胜利的样子。

"这个小灯。"他望着跑走的小灯在心里说。

望不见小灯后他重新把护耳戴上，耳朵和心里都暖暖的，他朝胡发家走去，刚迈出几步又停下脚，他觉得不妥，便把兔毛护耳摘下装进口袋里。

下午，胡庄的穷爷们开始动真格的了，用民兵连长胡起玉的话说叫"战斗打响了"。但战斗并不激烈，因为敌人没有抵抗，乖乖地听任发落，不到半个时辰，被斗争户的人口全被民兵押解到村西头的小学堂里，关了起来。

这边关了人，那边开始查抄财产，土地是没法搬动的，还有房屋。其他，所有能搬走的活物（家畜家禽）死物（农具、家具、粮食、衣裳、被褥等等）一律被搬运出门，登记造册，集中在村中间的祠堂里，只等批斗大会过后便开始分配。

一时间村子鸡飞狗跳像翻了个个。穷爷们笑逐颜开像是提前过了年。

胡顺心里也是欢欢的，穷人谁愿意总受穷啊，谁不盼望有好日子过呀。可他心里又是怅怅的。他知道是为什么。自己答应了"借"东西给他的那几家富户，给他们些关照。可自己没能做到，人抓了、家财抄了。他从心里觉得有些对不住。也许正是这种心理作怪，在这次斗争行动中，他没有积极起来，没参与抓人，只是干些搬东西牵牲口的事。

日头靠山的时候，斗争暂告一段落。胡起玉向民兵宣布，可以回家歇息了。但黑下得轮班站岗，看守关在学堂里的人和装在祠堂里的财物。

往家里走的当儿胡顺冷不丁想起小灯。不是关乎兔毛护耳，是他想起界石村斗争会，民兵正在台上殴打一个财主时，财主一个有七八岁的男孩冲上台，要救他爹，从民兵手里争夺木棒，惹得民兵发怒，一阵乱棒打下，将一老一小一并打死。由此他想起小灯，暗暗为她担心。他没执行抓人任务，不晓得小灯此刻是关进学堂，还是留在家里。他想把这事弄清楚。学堂是去不得的，会惹人怀疑。那就到她家里去看看。他拐了弯，来到小灯家所在的前街，又走到小灯家门口，只见两扇大门已贴上了封条。他晓得小灯跟她爹妈一块被"扫地出门"了。

小灯

"完了，没好果子吃了。"他眼前又跳出在界石村看到血肉横飞的一幕。心里一悸一悸的。

再往家走时，他碰上了杀巴子胡有增，他冷不丁问句："你，你杀猪惧不惧呢？"胡有增被这没头没脑的话问怔了，反问道："咋叫惧不惧？"他说："就是怕不怕。"胡有增一下笑了，说："胡顺你是咋的了，问杀猪的杀猪怕不怕？怕就不杀了？靠杀猪养家过日子啊。"胡顺还问："到底怕不怕呢？"

胡有增说："那就告诉你，开初害怕，杀多了心就不怕了。"胡顺问："要是杀人怕不怕？"

胡有增瞪他一眼说："我不杀人。"胡顺追根问底："要是叫你杀呢，你怕不怕？"胡有增想想说："八成和杀猪一个理儿吧，开初害怕，杀多了心就硬了，就不害怕了。"胡顺问："明个开斗争大会，你动手杀吗？"

"我动手杀？"

"工作队不是叫你准备棒子吗？"

"你怎么知道的？"

胡有增不吭声。

"你答应了？"

"没。我说我杀猪行杀人不行。"

"杨队长咋说？"

"他问谁行？我就胡说，我说杀牛的行，杀牛的能杀人。杨队长问我村里谁杀牛，我供出胡起超。"

"你干嘛挤兑胡起超。"

"他是个王八蛋。"

"杨队长咋说？"

"杨队长没再说啥，叫我替他找胡起超。"

"你找了？"

"嗯。杨队长这会儿正和那王八蛋谈哩，我就急急溜了。"

"……"胡顺不吱声了。

"咋问这个？是不是你想干？想多分东西？"胡有增问。

"……"

胡有增走了。胡顺没走。他在等胡起超。他想当面问胡起超答没答应杨队长，要是答应了，就要求他对胡有言、胡有德、胡树召……这几个人手下留情，不要一棒子打死，留下条命。

天黑下了，还不见胡起超的影儿，他也冻得够受，就回家了。他想等明天一早去胡起超家说。

"胡顺……"

砰砰！

"胡顺……"

砰砰！

吆喝加敲门，把胡顺从睡梦中惊醒，他吓了一跳，愣怔着。心噗噗直跳。

"胡顺……"

砰砰！

"换岗了！"

"胡顺……"

小 灯

砰砰!

"换岗了!"

呵,胡顺醒悟过来:轮到他上岗了。大冷天离开热被窝,心里一百个不情愿,可也不能违拗,他起身穿衣。心里升起那句老话:为人不当差,当差不自在。

妈也醒了。自从天冷,妈就把他从对面屋叫过来,图个热炕暖和。妈侧耳听听外面,风刮得劈里哗啦响,说:"顺子,把皮袄穿上吧,压风,皮帽、皮靴也都穿上。"

"不中,不中。"他这么说,心里却犹豫着。自从"借"来这些衣裳,他一直想穿上试试,看看到底能暖和到哪里去。

"外面黢黑,谁也看不见,不怕,穿上。"妈是疼他。

他看看窗。不透亮。

"听妈的没错。"妈撺弄他。

其实他也在撺弄自己。穿上。穿上。

就穿上了。穿上后他感觉好像又回到了热被窝。

好东西就是好东西啊。他想。

出了门,外面伸手不见五指,一个熊瞎子似的黑影站在门口。

"口令!"

"解放!"

"你是谁?"

"胡起超。"

胡起超?胡顺眼直盯着黑影,好像要辨认真假似的。白天找没找到,黑下倒排了一班岗。真是巧得不行,倒可以和他好好谈谈了。他想。

还让胡顺感到欣慰的是，面对着面胡起超也没看清他的穿戴与往常有什么不同。他挺得意。两人一前一后来到学堂外面，与站上班岗的民兵交接。交换过口令后，那民兵将学堂的钥匙递给胡顺，说传给末班岗，到时好把人押到会场。

这时胡顺才晓得，他站的是倒数二班岗。同时也晓得，胡起超是带班的，统管看守学堂的他和看守祠堂的另一个民兵。

学堂在村头，无遮无挡，寒风冲着吹，像无数把刀子刺过来。

"操他个妈妈的！"胡起超骂道。边骂边跺脚。见胡起超这副惨样子，胡顺颇有几分得意，觉得听妈的话是听对了。他不由想起那句"一亩地有个场一百岁有个娘"的话。可不，有娘真好。

他在想怎么和胡起超谈。能不能谈拢。

"里面咋一点动静也没有啊。"胡起超边跳脚边望着前面的学堂说。胡顺也望望，黑夜里学堂像一个更黑的巨物躺在那儿，无声无息。胡顺对学堂是熟悉的，他曾在这里念过四年书。在他记事的时候，学堂是一幢破草屋。后来是胡有德出面，发动地多的人家捐钱盖新屋。他还记得盖房时的热闹情景，有钱的出钱，有力的出力，没几天一拉溜新瓦房就落成了。第二年他就上学了。如今，当年出钱的主儿差不多全被关在里面了。真是人不长前后眼啊。要是那些人知道有今天，还会出钱么？世上的事真他妈胡乱八糟。

"这些主儿，死到临头了，还呼呼睡大觉呢。"胡起超说。又说："牛，要杀它，头几天就不吃不喝不睡，哞哞地叫。人不及牛。"

"你说他们晓不晓得天亮了就要遭殃呢?"胡顺问。

"咋不晓得,四邻八疃,轮番地死人啊。"

胡顺眼前又现出他亲眼看见的恐怖场面。

"冻死人,冻死人。"胡起超嘟囔个不停。

"你你说,胡胡起超……"他牙齿打颤。

"啥个?"

"关关,起来这些人,够不够死……死罪呀。"他问。

"问这干啥?"

"我姥爷说他村的财主除了一个人该死其余都不够死罪。"他说。说过又后怕了,因为姥爷不让说出去。

"这咋说呢?说够就够说不够就不够。"

"这咋说?"

"就说牲畜,你说它们有没有罪?够不够死罪?可要杀也就杀了。吃肉嘛。有罪就是肥。"

"没收了他们的地、房、牲口和财物,还不行?非得要人家的命?"

"你干嘛管这么多,又不是要你的命。"

"谁的命也是命。"

"别废话,我去祠堂那儿看看。你提高警惕,跑了人拿你是问。"胡起超说完要走。

"等等!"胡顺拦住。

"有啥事?"

"我听说工作队叫胡有增使棒子打人,他说他不行,说你行,你答应了没有?"

"你问这干啥?"胡起超反问道。

"想知道。"

"我答应了咋?"胡起超生硬地说。

"我,我是说……"胡顺一时真的不知该怎么说。

"有话快说,有屁快放。不吭声我就走了。"胡起超说着又跺起脚来。

"手……手,手下留情啊……"胡顺吞吞吐吐说。

"胡顺,你啥意思?说清楚。"胡起超警惕地问。

"我,我是说,别,别打死,留,留下条命,都上有老下有小……"

"关你屁事?他们是你的亲爹二大爷?"胡起超说。

"……"

"好好把守。我走了。"

"等等,你等等。"胡顺再次把他拦住。

"胡顺,你他妈的疯了是咋的?你说,到底要咋样?"胡起超火辣辣地。他不想在这多呆,想赶紧到祠堂那边去避风。

"他们,挺,挺可怜的……"胡顺说。

"你可怜他们,那好办,去打开锁,放他们跑,你想行善心,也就这么个办法了。"胡起超嘲讽地说。

"……"

胡起超赶紧开溜,怕胡顺继续缠磨他。

"狗日的胡起超,我,我操你八辈祖宗了!"胡顺在心里咒骂。

尔后胡顺就直挺挺地站着,脑袋木木的。

不知过了多久他觉得寒气往身上钻,特别是耳朵疼得厉害,刀割似的。他想起怀里揣着的那副兔毛护耳,赶紧摸出来戴上。心想,咋就把它忘了呢?

"顺子大哥——"

他吓了一跳,他听见有人在喊他。

"顺子大哥——"

呵,是小灯。他听出是小灯。他看看前面,没人,再转身看看后面,也没人。

他愣怔着。

"顺子大哥,救救俺呀!"他分明听到是小灯在向他呼救。

"……"

小灯咋啦!咋啦,有人要害她啦!

他眼前兀地现出在界石村看到的情景,那倒在血泊里的爷俩摇身一变成了胡有德和他闺女小灯。

"小灯,小灯!"他喊。他慌神了,不管不顾地向学堂大门口奔过去。

他开了锁,不管三七二十一。又推开两扇重重的门。

"小灯……"他喊,使劲喊。一门心思救小灯。"小灯啊……"

天放亮时,来接班的民兵发现"炸狱",大惊失色,学堂的门大敞,关着的人全都跑光。惊惶中看见在学堂后面的山坡上迎风站着一个穿皮袄戴皮帽威风十足的人,怀里抱着一杆枪,换班民兵是个很有战斗经验的人,他断定那人是逃犯中的一个,在那里为逃跑的人担当"断后"。

他想都没想,举枪搂了火。

尔后对死人"验明正身",才认清是胡顺。

尾　声

　　大约在开春的时候，一伙从敌占区城里窜出来的还乡团，直扑胡庄一带村庄进行复仇。只一个夜晚，便杀害了各村几十名土改工作队队员、村干部和土改积极分子。其状惨不忍睹。这就是当地有名的"三二二"惨案。幸免于难的只有一个村子，那就是胡庄。据后来抓到的还乡团分子交代：当时还乡团血洗了界石村欲直扑胡庄，这时胡有德、胡有言几个胡庄出去的人出面阻止了。就这样。

　　这一幕过去。后来的胡庄自是随着历史的河流不断地流淌，于漫长的岁月里虽经过了许许多多灾祸和劫难，但那里的人却始终睦邻友好，相安无事，没有凶险的事情发生，没有人"非正常死亡"。平平和和，说到这一点大家不约而同会提到一个人，那就是胡顺。

诺　言

尤凤伟

一

马车驶上岗顶，就看见了那条河，那条被两堤白杨押解着北去的河。清明已过，大地表层的温度急速升高起来，阳面山坡及路边田埂已铺满茵茵绿草，田地里麦苗儿开始返青，在去秋收尽了庄稼不再播种的空闲土地上，清瘦的荠菜、辫子草及肥胖的婆婆丁已差不多把地面覆盖住，而更早些开放于坟地和沟坎边的一丛丛黄色的迎春花却悄然谢去，代之的是鲜艳的桃花。时令提早，在这三面濒海的半岛地区确有些反常，似乎让人觉得，是熊熊燃烧于大半个国土的战火把空气灼热，驱走了残冬。战局仍在扩展，时时听得见从西方地平线上传来沉闷的炮击声，也可闻空气中那股让人忧愁的战争焦糊味儿，不难预料，1948年的春之后将是一个酷烈无比的夏季。

那匹公马看见前方的河兴奋地喷出一串响鼻，撒蹄奔跑起来，两只铁箍木轮碾压着路面的凸石，发出喀喀声响，不时迸出一串火星。车身剧烈颠簸着，车上两个穿灰布军衣的人互相望了一眼，又同时把目光转向前方，越过赶车人披着黑棉袄的肩头，他们也看见了那条河。

"乌江！"两人中年纪稍大约二十七八岁的军人嘟噜了一句。

"乌江？"那个小战士瞪着还未褪去稚气的眼睛问，"易队长，这条河叫乌江么？"他在问话的同时伸手把背的步枪拉到胸前，以免与不停摆晃的车框相撞。

被称为易队长的易远方却没回答他什么，依旧凝神望着那道高高河堤和堤上高高的白杨。他不知道这条河的名字，却知道它不叫乌江。乌江，是当年刘项争雄，项羽兵败自觉无颜见江东父老而饮恨自刎的地方。而今，经历了一场不堪回首的败仗之后，对他来说，这条河不啻是他的乌江……

那匹公马的狂奔简直使赶车人难以驾驭，但终于还是控制住了。随着马车渐渐驶近河岸，大地显得开阔了。这条河可被视为西部山区与东部平原的自然分界线，在它穿越过平坦的半岛腹地之后，便款款注入蔚蓝的渤海。放眼望去，从对面河岸向东方地平线伸延去的大地笼罩着一层白色晨雾，在有村落的地方雾幔也就更浓重些，像堆集着一团团蓬松的棉絮，易远方知道其中的一团便是他此行的目的地——他和通讯员贾金余前往土改的地方。此刻，那里的一切对于他确乎是一团迷雾；溯河上望，那遥远的青黛色的昆洛山显露着巨人般的身姿，巨人肩头与腰际在阳光下闪着斑斑白光——那是还没化尽的残雪，这条河流淌着的便是山上不断融化的雪水。

已经感觉到河中深带凉意的水气。

"易队长，血——"贾金余突然一声惊呼。易远方赶紧顺他恐怖的视线望去，也不由叫了一声，他看见一幅可怖景象：河面上漂着一层血，光芒耀眼的血把整条河流染红。他的心猛然一悸，似乎立即闻到了曾在另一条血河里闻到的那股刺鼻血腥味儿，一阵恶心从腹腔直冲喉咙，在这瞬间他脑中迅速闪出一个可怕念头：莫非那伙血洗小黄庄的还乡团匪徒又窜进了昆洛山，又在那里进行了另一场大屠杀？

他浑身每一根汗毛倒竖。

"停车！"他"嗖"地拔出手枪，翻身跳下马车，向河岸狂奔过去，贾金余紧跟在后。

他们冲锋似的越过了河堤。

站在水边，两人瞪大了眼，怔住了。

河里没有血，只是漂着一层艳红色的桃花瓣。

花瓣在水面像铺织成的红绸带，不见首尾，似动似静，悠悠向下游漂去。

河风拂面，温馨的花香溢满河道。

一条无与伦比的花之河！

易远方的心被眼前这幅奇异景象攫住了，目光久久没从河面上移开，一时竟弄不清这是现实还是幻觉，然而刚才紧绷的心弦却松弛下来，他轻轻吁了口气。

春天的确来到了。它越过了风雪严寒，战火与硝烟也未能挡住它的脚步。

大自然如此超然淡泊，对人间的血腥残杀漠然置之——易远方的心不由一阵作疼。

这时，他听到河风中飘荡着一个极熟悉又亲切的旋律，轻柔又甜润，深情而悲凉。呵，这是他在大学时进步同学们经常唱的一支歌——《五月的鲜花》。来到解放区后他就很少听到这支歌了，此刻，这亲切的歌声唤起他对往日生活无限的眷恋与遐想。他赶紧循声向河上游望去。

他看见了。小贾也看见了。

上游水边，一个学生装束的女孩子正弯腰从河里捞花瓣。一只柳条篮子差不多装满了花瓣，远远看去，像燃烧着一团火。歌声就是从她那儿飘过来的——

> 五月的鲜花，开遍了原野，
> 鲜花掩盖着志士的鲜血。
> 为了挽救这垂危的民族，
> 他（她）们曾战斗不息。
> ……

他默默地听着这支歌，眼睛忽然湿润了，这情切意幽的旋律宛若一叶轻舟把他载入往日奔涌的海洋中去，那如火如荼的惊险与激情交织的画面一幕幕现于眼前：闹市区激昂而热烈的反独裁演说；在堵严窗户的小屋里彻夜不眠地印传单；在深夜巡逻兵铁蹄间歇中把传单贴上墙壁……他更不能忘记漫漫风雪中敌人追捕时的那一幕：他拼命地奔跑，身后枪声不绝。那是他有生头一次听到明确射向自己的枪声；也是头一次见到子弹击中墙壁的毫不含糊的穿透力。凭借纵横交错的街区他狼狈地逃着,那是生命与死神的决赛。命运之神进行裁决:他取胜了、脱险了。这又使他不得不中断仅剩一年的学业,来到解放区……

呵,五月的鲜花。

小贾回马车那儿了。赶车老汉不失时机地喂他的马。

他迈步朝女学生走过去。

女学生依然边唱边捞花瓣,没发现有人向她走来。他在她身侧几步远处站住,打量着她。他断定这是一个从城里来的女学生。她那穿着月白色学生旗袍的高挑身材不免显得纤弱,似乎还未发育成熟,或许还只是个高中生吧?至多大学一年级!他不由想起在蒋管区时他那些同班的女同学。她们多是城里或乡间有钱人家的千金小姐,可她们的革命热情却异常高涨,甚至超过了男同学。他记得在一次游行中班里有三名女生被打伤:坚决与地主家庭决裂的黄雅丽;长一颗美人痣的纱厂老板的女儿李宛如;还有他一直偷偷爱慕着的美丽女子周诺君……

女学生看见了他,停止了捞花瓣,也停止了歌唱,张着两只湿漉漉的手惊讶地看着他。她的脸被河中的桃花映得艳红,她向他注视的那双大眼睛使他猛然心跳。啊!这双眼竟与周诺君那般相像——清澈妩媚而又透着淡淡的忧郁。

他想起自己在奔赴解放区前夕,曾冒着被捕的危险去女生宿舍,欲向周诺君倾诉爱慕之情,但却未见到她。她回家给母亲过生日去了。他知道这是最后一次机会,怎知命运偏不肯成全他,他只能怀着无比惆怅、失落的心情,离开了这座海滨之城。

他不禁又叹了口气。

"小同学，你好。"他与眼前的女学生打起招呼。他发现此刻她眼里闪射出更为疑惑的光，或许这是由于他的口音与其招呼方式都同本地人迥异的缘故。本地人碰面头一句话总是要问："吃了吗？"即使在田地里、山岗上甚至茅房里也无例外。贫困的生活使人无时不把"吃"视为世间超乎一切的大事情⋯⋯

"您，您好。"她回答他，口音也不同于本地人。

他朝她笑一下，指着河里问道："请问，河里从哪来的这么多桃花瓣呀？"

她把视线转向南面那座庞大而阴郁的昆洛山，说："山里有个桃花夼，夼里长满了桃树，每年花开时若逢下雨，这条河里就漂满了花瓣儿。"

"哦，真是奇观，真是奇观！"他由衷地赞叹着，"这条河什么名呢？"

"胭脂河。"

"胭脂河？太妙了！"他看着果然像涂了一层胭脂的河面，喜形于色地赞叹道。

他有些奇怪地问："小同学，你捞花瓣有什么用处呢？"

"治病。"

"桃花瓣可以治病？"

"嗯。"

"治什么病？"

"精神病。"

他惊奇地问："真的？"

"这是我妈说的。她说从前姥姥村里有个疯女人，疯得厉害，整天到处乱跑。有一天晚上她饿了，找不到东西吃，就爬上一棵桃树，一朵一朵地摘桃花吃，一夜间把满树桃花都吃光了。天亮时，她从树上下来后清醒了，从此一点儿也不疯了。"

他更惊讶不已了："竟有这种事情！"

女学生说："也许桃花里有某种尚不知的药物成分吧。"

他点点头，又问："是你的什么人有病呢？"

"不是我家里的人，是村里的一个年轻媳妇。她真可怜。"

"哦，是这样。那么她吃了桃花有效验么？"

"目前还没有，"她的眼睛里透出忧郁，"她总不肯吃，得哄着她吃，我吃一朵她才吃一朵……"

"你也吃？"他定睛注视着面前的女学生，"桃花是什么味儿？"

她没立刻回答，两只眼睛忽闪忽闪眨着，似乎在回味着桃花的滋味："有点甜，有点酸，有点香……"

"让我尝一尝，"他弯腰从河里捞起花瓣放进嘴里嚼起来，却又立即吐掉，连连咂嘴道："不好吃，不好吃，没你说的，那么多好的味道。"

女学生笑了，露出一排雪白的牙齿，说："当然，要是花瓣的味道能比过桃子，那谁也不吃桃子而吃桃花了，是不是？"

易远方也笑了起来。

这时太阳升起来了，已接近对面河岸上白杨树的梢头。田野上的雾气已经消散,阳光灿烂地照耀着绿色的麦田和红色的河谷。

女学生又开始捞起花瓣,易远方帮着她捞。他感到河水很凉,闻得见河水里飘散着淡淡的香气。

篮子渐渐装满了,两人停住手不再捞了,同时看着这只美丽无比的花篮。

"听口音你不是本地人吧?"她突然问道。

"我老家是河南开封,开封府就是黑老包做官的地方。我六岁随父母到青岛投亲,后来就在青岛定居下来。我父母都是国语教员,靠他们微薄的薪水供我上学读书……"

"你在哪所学校读书?"

"山东大学,但差一年没能毕业。"

"这多么可惜呀。"

"我是学校负责学运的地下党,党员,后来身份暴露了,反动派要逮捕我,组织上便把我送到解放区。"

"在学校我也参加过学运,和同学们一起去市政府门前游行示威……"

"刚才听你唱《五月的鲜花》,我就知道你是个进步学生。"

她摇摇头:"谈不上进步,不过学生们总是向往进步的。看到社会这么黑暗腐败,就希望能够改变现状。我们班好多同学都参加革命队伍了,还有女同学,要不是接到家里的信,也许我一样会去的。"

他点点头,问:"你在哪里上学呢?"

"天津。"她回答,"我姨妈在天津,爸爸为我受教育,从小把我送到姨妈家上学。"

"现在念几年级?"

"高中二年。"

"那快要毕业了。"

她摇摇头:"我已经辍学了……"

"为什么呢?"

"我妈病了,我回家照顾她。"

"你家里还有什么人?"

"有爸爸,可他不在家,他去青岛了。"

"就这么辍学了,今后怎么办呢?"他由衷地为这个素昧平生的女孩子忧虑。

"不知道,真的不知道。"她怔怔地望着红色河面。一抹暗红的愁影爬上她俊俏的面庞。

这时,从西方遥远处又传来沉闷的炮击声。

"我希望父亲能回来把我和母亲接走。"她转向西方凝望着,久久凝望着。

穿越过连绵丘岭上空的炮声,此刻似乎更清晰些了。

他们的谈话没能再继续下去,因为听到小贾的呼喊声。要上路了。易远方告诉她,他们的马车要向东而击,如果她顺路,可以一起搭。她点点头,拎起装满桃花的篮子。

他们相随着来到马车旁。

那匹公马已吃饱喝足,精神抖擞地摇晃着长尾。赶车老汉还在埋头梳理它的鬃毛。这是一个颇有点古怪的小老头儿,天麻麻亮时从区公路上路至今,易远方几乎没听他说一句话,惟有听到他吆喝牲口时女人般的尖嗓门。这是他认识的第一个李家庄人。他是村贫协主席。

老汉终于梳理完他的马,闷闷地坐上辕杆。易远方和小贾上了车,压住车身让女学生再上,然而这时赶车老汉却突然甩响一鞭,受惊的马撒蹄向前窜去。驶入河中,女学生被甩在原处。

"还有人!"易远方和小贾一齐呼叫。

老汉却不予理会,又甩响一鞭,呼啸的马车在河中疾奔,车轮轧断那条平滑的红绸带,瞬间驶上对面的河堤。

易远方只得怔怔地向后张望着,视线中女学生的纤巧身影在河岸上愈来愈小,最终变成一枚花瓣似的斑点。

二

即使再过若干年,到他老态龙钟,到他行将就木,易远方都不会忘记那血与火凝结的一夜,忘不了那条他将背负终生的"乌江"。

从集结地钻进夜幕,这支临时组合的队伍就开始在原野上狂奔,没命的不顾一切的狂奔,像被狼群追逐的猎物,又像追逐猎物的狼群。他们舍弃了道路,盯着天上的星斗,以雁群飞翔的直线行程向北方猛插过去。那伙还乡团匪徒此刻也以这般速度扑向他们复仇的地点,他们得去堵截,去阻止一场迫在眉睫的屠杀。入春来,这种屠杀便不间断地在这狭长半岛的地面重演,尸骨成山,血流成河已不再是形容。三月的夜晚寒气逼人。易远方听着耳边让队伍抖起的呼啸声音,似乎感到自己的双脚已离开地面,整个队伍也如同在半空飞腾。此刻他们穿越的是半岛腹地一个松软的平坦地带，在五万比一比例尺的洛西地图上可以找到这个瓜状冲积小平原。如果在白天，往东能看到那条贯穿平原的河流，看到高高河堤与堤上更高的白杨，往西能看到那道逶迤形成平原边缘的褐色山梁。可现在什么都看不见，看见的只是天上微弱的星斗和脚下近在咫尺的黑色地面。战争为平坦的原野布满弹坑，队伍就在这弹坑间跃上跃下，不时有人被绊倒连同身上枪支重重摔在地上，冰冷的声音传出很远。月亮还没升起，大概还得过一个时辰。没有风，风总是在黎明时重新刮起。天地间万籁俱寂，只有当从一座座黑丘似的村庄经过时，方可听到几声凄凉的驴叫。听不见狗吠声，狗已濒于绝迹。在犬牙交错的拉锯战中，敌对双方都不能容忍狗那灵敏的嗅觉与不识时务的骚扰。打狗队把狗们追赶得走投无路。战争以它的最高利益来决定外界一切的存亡兴衰，强蛮得似乎不合情理。

　　队伍一口气奔跑了三十里，越过了弯曲如蛇的烟潍公路。这时月亮升起了，黑幕撕开，天地间豁然开朗，皎洁的月光似从东方天际漫向大地的白色水流，队伍也现出它的轮廓，像信手撒向白色原野的一把黑豆，滚动不停。所有人都极度疲劳，听得见愈来愈粗重的喘息和由此引起的咳嗽声，连这次行动的指挥者李区长不断下达的"快快""跟上""肃静"的口令声，也被他自己的喘息弄得怪腔怪调，减却几分威严。实际上此刻任何命令都已失去意义，每个人都处于极限状态，生命的惯性力量在维持着这种奔跑，没有什么能改变它固有的节奏。易远方感到似要窒息，胸腔随时都会爆炸，而他的头脑依然清醒，思维异常活跃。

到达预定伏击地点辛苦庄时，天已近半夜时分。队伍先停在村边，没见异常动静，村子在月光下安睡着。人们松了口气。这里是他们的阵地，终于赶在了敌人的前面，这几乎便决定了战斗的前景。队伍立刻绕向村子的另一侧。辛苦庄如同它伤感的名字，是一个只有几十户人家的佃户村，夜色也未能掩盖住它委琐苍凉的真面目。这里是匪徒们取道复仇地点小黄庄的必经之路，队伍就在这里完成伏击。易远方只是在接受任务后才对这伙匪徒有所了解，匪首便是小黄庄逃亡恶霸地主黄金鑫。明确的袭击目标显示着仇恨的深重又预示着屠杀的残酷程度。

队伍迅速绕到村子西侧。紧挨村边有一道深壕，再往前是一片开阔地，月光照耀着开阔地上的道路，麦地和树木依稀可见。不论从哪方面说这里都是打伏击的理想之地。队伍立刻占领地形，闪着光亮的枪口从沟沿伸出，指向匪徒即将出现的方向。

埋伏下来，李区长立即命人进村，动员早已熟睡的村民立即转移；调民兵赶来助战。他们虽占了天时地利人和，但力量终归薄弱——为轻装没带重武器，且多数参战者都缺少战斗经历。当区委接到上级紧急命令时，区分队早在半年前就到西线配合大部队作战了。别无选择，只能叫他们这些正在集训的土改干部拿枪打仗。打仗需要勇敢，同样需要经验。

他们出了一个不可饶恕的过失。

埋伏下不久，情况便紧张起来，开阔地尽头出现一抹黑影，初像一条弓起的蛇背，蛇背再度弓起，变成一道黑浪向开阔地扑卷过来，伴随着喧嚣的声响。是匪徒，来迟一步的匪徒。所有人的心都紧缩一下,有人"哗啦"推上枪栓,声音是那般刺耳,让人心惊肉跳。"我毙了你狗日!"李区长咬牙切齿地低骂。如果能有执行的条件,他确会毫不含糊地让他的队伍减去这坏事的一员。幸运的是敌人没受到惊扰,或许他们听到也不会想到这里已埋伏了队伍。已经清楚地看到这伙赴人肉宴席的匪徒们因兴奋而饥饿引起的杂乱步伐;也能够判断出这是一支稍多于伏击队伍的队伍。如果有机枪的话,这仗打起来就便当了,可惜没有。只能叫敌人靠近,再靠近,愈近又愈意味着战斗将加倍的残酷。

一声枪响,像婴孩出世头一声哭泣,划过原野。几乎同一瞬间,沟内几十支步枪同时爆响了。

首先倒下的匪徒,不胜惊恐地看到前方的地面突然开出一行耀眼的红花。

生者与死者以大体相同的动作扑向地面。

仗在解放区内打,枪声一响,便宣告匪徒的偷袭计划成为泡影,只有夺路而逃,别无选择。黄金鑫的乌合之众被火力压制在开阔地上,没有立即撤退,似乎在踌躇。双方对射着,匪徒人手一支的美制卡宾枪把弹雨泼向阵地前沿,哒哒的连发声像一群狰狞汉子的狂笑,沟前地面尘土飞扬。队伍难以进行有效的射击,于是将手榴弹向敌群掷去。匪徒们也以手榴弹还击,爆炸瞬间的火花呈现出彼此的伤亡。"黄大麻子!"沟内有人叫了声。闪光中易远方也看到一张白冬瓜状的麻脸,旋即消失在黑暗中——那是万恶不赦的匪首黄金鑫。易远方咬咬牙齿,他忽然意识到刚才把敌人放得过近,卧在地上的匪徒轻易就能把手榴弹投进沟内,造成极大威胁。他急速向李区长的指挥位置移动，要告诫他立即把兵力向杀伤范围以外的沟两端收缩，然后从两侧对敌人实行包抄，断敌退路。硝烟与尘土弥漫的沟壕里，易远方跌跌撞撞地行走，几次被地上柔软的尸体绊倒。没等他找到李区长，局势便起了变化。敌人开始撤退了，向西方山峦地带逃去。在步枪子弹的射击下，匪徒像出殡队伍不断撒下纸钱那般把一具具尸体抛向原野。他们应该用小股兵力进行一下狙击，但他们没有。这场夜战双方都打得毫无章法。

局势瞬息万变，匪徒奔逃数里后钻进一座小村，像被一只巨兽吞噬，不见踪影。队伍向村中冲去，遭到拦击。匪徒以村头房屋为依托进行顽抗。队伍被火力压制在村头，欲进不能。易远方心中生疑：匪徒进行这般的抵抗除减少生还的机会，又有什么意义？村子顿时骚动起来，人与牲口的哭嚎声连成一片，凄惨可怖。易远方一阵心悸：莫非匪徒不甘复仇计划破灭，要在这里进行一场补偿性屠杀？但细想又不可能，以往的经验，还乡团对他们的既定目标之外一般不感兴趣，更何况要以牺牲自身为代价？不久，便见黑压压的村民从村子溢出，惶然向北逃命。匪徒没有干预，任其从眼皮下遁去。村东的战斗仍处僵持状态，有几座草房着火，火舌舔着夜空。李区长认为群众已无危险，便不必急于向村子发起攻击，僵持只会使敌人趋向灭亡。

他却不知道又犯下一个致命的错误。

村子被包围起来，由于兵力不足，只是一种松散的监视性包围，主要兵力仍在村东对峙，如果细心，会察觉敌人火力明显减弱。这样又僵持了一个时辰，敌人开始突围了。匪徒们扫射着从村南突出,沿一条干涸的河床向正南方向逃窜。队伍立即收拢起来,在敌后紧追不舍。朦胧的原野上逃匪身影稀寥,已称不上是一支队伍,只是一些散兵游勇。追击的距离渐渐缩短,从两侧包抄的队伍以更快的速度超越过匪徒,眼见就要合围,这时匪徒抢占一段垄起的堤坝,躲在后面高叫投降,他们占有利地形只是为了安全的投降,一支支卡宾枪从堤后掷出,队伍冲过去捡起枪支,同时完成了合围。

十几个跪在堤后的匪徒笨拙地把双手举过头顶。李区长借月光辨认着一张张鬼样的面孔,不见匪首黄金鑫。"黄大麻子呢?!"李区长声音嘶哑。没人回答。"他死了吗?!"仍无人回答。他"霍"地从身边一个人手中夺过一支卡宾枪,拉开了枪栓。"我……我说。"匪徒立刻争先恐后,"他,他带人去小黄庄了……"开始的瞬间,谁都好像没听明白什么,头脑中一道闪电耀亮。停滞片刻,闪电过后那越过苍穹的巨雷炸响了,炸得人魂飞魄散。完了!所有人都在心里哀嚎着,一切都完了,罪恶的过失!他们本该在到达辛苦庄伏击地点后立即派人去小黄庄,做出应变准备,可是没有;也本该在村民逃出村子时想到会潜藏有敌人一起逃出,可是没有。他们高估了自己取胜的把握又低估了匪徒复仇的疯狂。李区长钉子似的站立着,手中的卡宾枪不停地抖动,吓得匪徒趴在地上索索颤抖,终于枪管哒哒地吐出一串火舌……

队伍以疯狂般的速度扑向小黄庄。

但是晚了。

屠场在村东的河道里。

奔出村子,便零星见到被害群众的尸体,多为青壮男性,头部被铁器击毁,血浆模糊,面目难认。愈近河岸尸体愈加密集,青壮男性中杂有妇女和婴孩,女人多被刀器穿胸而死,乳房被砍下挂于路边树杈上,惨不忍睹;婴孩被撕为两片,幼稚的躯体如同剥皮后再行肢解的青蛙,内脏摊涂于地,似乎还在痛楚地抽动,让人心惊肉跳。鲜血浸湿道路,腥气冲天,队伍中有人发出鬼样的嚎叫,更多人则疯痴般扑向河岸。

踏上河堤,犹如迎面扑来一股从地狱深处刮来的阴风罡气,使人猝然中瘴。易远方看到一幅今生决不会再见二次的恐怖场面:白亮的河滩上,一大片笋状的人腿从河沙中挺出,伸向天空,密密麻麻,参差错落,千形百态。活埋!千真万确的"倒栽葱"式活埋!急促、简单又凶残万分的屠杀!易远方大张着嘴,呼不出一丝气息,只觉有千丝万缕的寒气从脊骨向外穿透、扩散,把肉体连同灵魂一并冻僵。恍惚间,他感到双脚已迈进地狱的大门。

仇恨如同这人腿的碑林血凝骨铸。

人们一步一步走下河滩,迈着肃穆、沉稳的脚步,似乎怕惊扰了地下不幸的长眠者。晨风习习,"碑林"轻轻摇晃,好像争相向迟至的亲人控诉如何被人强蛮地种植在河滩上。沙滩已被血浸透,这是一条血的河流。走进"碑林",更让人触目惊心的是一双双脚——一双双倒踏天空的脚——脚上的鞋子大多脱落,赤裸的脚板涂满着血,残留着死前的挣扎与痉挛。这里是脚的世界、脚的空间,是人生不同阶段不同类型的脚的残酷展览:苍老的、干枯的、强健的、娟秀的、纤小的、铲状的、荷叶状的、树疙瘩状的、尖辣椒状的……看一双双形态迥异的脚,便知埋于地下的是男人还是女人,是老者还是青壮年。不论他（她）们的脚在人生的道路上走了多久，半生、大半生，还是刚刚踏上迷惘的人生之路，现在却一起被匪徒不问青红皂白的剥夺了再走下去的权利。

易远方感到身体加速向地狱的深渊坠落下去。

"砰"的一声枪响打破痛苦的静谧，易远方回头见李区长倒在血泊中，他大睁着眼，斜对西面天空那半轮开始暗淡的月亮。

弃于一旁的枪管吐着缕缕烟圈。

这烟圈并不能为这场惨绝人寰的大屠杀画出一个句号。李区长一定想这样做，但是不能够！

他以身谢罪，勇敢地为自己画了句号。

这一切，易远方永远不会忘……

三

李家庄——中国农村庞大肌体上一颗平凡的单细胞，像一只灰色的蛋卧在一道低低的河堤下。人类从古时起，祖先们便喜爱择河而居，且不说那些大江长河，即使一条细如血脉的河流也总像穿珠子般穿起一串大大小小的村落。李家庄地处半岛东北，小孩子爬上村中那株年逾百岁的白果树向北眺望，便可看到在阳光下蓝得出奇的海面。本地人叫那海为北海。在这缺乏宏观地理概念的穷乡僻壤里，人们习惯以方位来冠称周围的事物，如东河、南山、北海、西沟、东南夼、西北湾等，不一而足，都以"我"为中心。李家庄离北海十几里路光景，沿村东所谓东河的昆洛河向下游走去，就到了芦苇丛生的海边。农活稍闲，村民们便成群结队地去赶海。女人和孩子畏惧那壮阔的海潮，只在芦苇塘里捉拿螃蟹。男人们似乎不屑与女人、孩子为伍，他们干的是网鱼或者钓蛏子这样的"大事业"，然而他们的所得并不及女人们来得实惠。村子往南三十里便是那座犹如半岛脊骨的昆洛山，人们对这样显赫的大山也不买账，只平平淡淡地称之为南山。南山出产丰厚的山草，每年秋后，青壮村民推着小车去山里搂草，为严冬备下做饭取暖的燃料。面山背海，取之不竭，成为李家庄人世世代代的骄傲。小孩子从懂事起便懂得这里是世间最好的居处。人们不到万不得已不肯背井离乡，只有遇上灾荒饥馑才承认那遥远的神秘的关东才是块真正的乐土福地，携儿拖女向那里迈进。然而不管他们在关东如何发达兴旺，即使成为铺金盖银的财东，也总念着落叶归根，于是一口口油漆鲜亮的棺椁在孝子贤孙们的簇拥下沿着他们去时的路线返回故里，葬于列宗列祖的身旁。似乎只有这样人生才算圆满，才算善始善终。李家庄是一个中等村落，二百多户人家，村子本身似无特色可言，其面目无异于一般北方村庄的格局：在一排排低矮猥琐的草房间时而崛起几幢气势轩昂的青砖大瓦房，那鲜明的对比又恰如它们和主人站在一起。也许谁也说不清这种畸形的对比始于何时，然而人们早已习以为常，见怪不怪，如同骆驼脊背上总有驼峰突起那般天经地义。人们默默地重复着往日的生活，往日的一切都合情合理，祖先永远是后人仿效的楷模。先人在地下犁半尺下种八斤就下犁半尺下种八斤；先人把猪养在窗下把屎拉给猪吃就养在窗下拉给猪吃；先人把杏树栽在门前杏树死后儿孙补栽的还是杏树；先人宴客的规矩是四盘八碗千百年后摆在八仙桌上的仍然还是八碗四盘。世间万事皆以古训为道：仁义礼仪、三从四德、忠孝廉耻、种田交租、借债还钱、犯罪交官、老实长在、富贵在天、福祸由命……世世代代，千古不变。

然而，当易远方双脚踏进这座小村的肮脏狭窄的村街时，这里已经发生了天翻地覆的巨变。延续了数千年的生活秩序被完全打破：财主家的土地已被没收，按人口在全村进行分配；原先最贫苦的人住进高耸的青砖瓦房，旧时的主人则去住草棚、磨房、碾屋、破庙，甚至被扫地出门流落他乡；原先财主女人身上镶着金边的衣裙如今却穿在穷人妻女的身上……旧时的伦理道德、是非观念业已全面崩溃：从来都认为世上富人养活了穷人，因为富人把土地租给了穷人，土地是存身安命之本；现在则明白过来是穷人养活了富人，因为劳动创造出财富，劳动最神圣。与数千年漫长岁月相比，这一切几乎是变化于一夜之间，惊喜而迷惘的人们甚至来不及对发生的一切进行思索，只好运用便当的翻转逻辑来衡量客观是非："大肚子"都是坏蛋，穷兄弟都是好人；有钱是罪恶，赤贫最荣光；革命就是造反，造反不讲仁义……

易远方面对的是一个陌生迷茫的天地。

副队长席立江向他介绍了土改工作队和村里的一些情况。

原来的五名工作队队员（包括已调走的卜队长）还剩下三人：队员陈努力、袁升火及副队长席立江。卜队长是因犯生活作风错误或者说丧失革命立场错误而离任的，他被不法地主赵祖辉年轻而俊俏的儿媳妇拉下了水。土改初期赵祖辉被群众打死，他的儿子赵万星逃跑了，家中剩下的两个女人便串通起来向卜队长发动攻势，卜队长就在革命与女人中间做了错误的选择。另一个调走的队员是因为接受了地主李金鞭投给他的一枚金戒指,在他忍不住偷偷拿出来欣赏时让席立江发现,揭发了他。易远方和贾金余顶替了这两个意志不坚定者。

就在易远方进村的第二天夜晚,村子出了一件事:巡夜民兵拦住一个偷偷向村外溜去的女人。她是地主李金鞭的老婆邢金枝,从她身上搜出许多金银首饰,经严厉盘问,她承认是要把这些浮财送到外村穷亲戚家藏匿起来。这件事引起工作队和村干部的警惕,也引起翻身群众的深切憎恨,强烈要求立即追查地主富农们埋藏起来的浮财。

追浮财是土改工作一个很重要的环节,浮财是地富财产中不可忽视的一部分,有的富户拥有的金银财宝的价值远超过他们的不动产——土地、房屋、牲畜、作坊的价值。在土改风声乍起时,这些财产便被埋藏于只有他们自己才知道的地方,贫苦农民在分得了土地、房屋、农具、牲畜之后,对这一部分资产仍然觊觎不忘,心里对"大肚子"们顽强保留其"封建尾巴"怀有不可名状的仇恨,因为他们需要钱购买种籽、肥料,配齐残缺不全的农具及分到的一条驴腿之外的另三条驴腿。追浮财在周围其他村子已差不多进行过去了,李家庄由于卜队长的原因使这一工作搁置起来,因此落后了的李家庄需跟上步伐。

这意味着一场与土改初期毫不逊色的残酷斗争就要展开。看到工作队员与村干部们被斗争激情燃亮了的眼睛,易远方的心里也膨胀着一股奇异的快感。

小黄庄惨案的仇恨他一时一刻都没有忘。

工作队和村干部开了整整一天会,做出这样的决定:立即禁止地富分子和他们的家属出村；第二天召开挖浮财斗争大会。

当晚，由工作队队长和村主要干部对斗争对象进行惯常的斗争前训话，向他们交待政策，讲明利害，敦促他们主动交出埋藏的浮财。

民兵队长李恩宽把这些人押解在祠堂院内的厢房里，等着"过堂"。

四

这时天已黄昏。暮色里，成群结队的乌鸦在村子上空盘旋，发出"哇哇哇"的凄厉叫声，叫声中时而掺杂一个女人更为凄厉的喊叫声："啊哈——干不干？不干堵死啦！""啊哈——干不干？不干堵死啦！"这是已经疯了的赵祖辉的儿媳妇，她勾引卜队长的事情暴露后，村里的妇女会要斗争她，会还没开就把她给吓疯了。她整日在街上游荡，手里揉着一团湿泥，见到男人就啊哈一笑迎上去，问一句："干不干？不干堵死啦！"问完用手把湿泥"叭"地摔向大腿中间的部位。这种伤风败俗的动作实在让人们难以容忍。民兵队长李恩宽配合着妇女主任王留花教训了她一顿：李恩宽从她手里拾过泥团朝她的脸上掷去；王留花则用针向她丰满的胸扎去，疼得她嗷嗷哭叫。后来她就不再重演那不雅的动作了，但疯劲不减，仍然像往常那样呼叫不止。

太阳落去，黑暗降临，女疯子不遗余力的叫喊使人有一种说不出来的压抑与惆怅。

首先被带进屋的是刚刚犯有前科的李金鞭。这是一个四十七八岁、身体强壮，长一副猫脸的汉子。在李家庄，论家财与地位除了大地主、村长李裕川，便是这个猫脸李金鞭了。他有六十四亩好地、一群长年保持在四五十头数目的羊、两匹拉车的马、一头犁地的犍子牛，还有一片豆腐坊。他雇了三名长工、一个羊倌、两名豆腐坊工人和一名账房先生，农忙时还要雇用临工。他家虐待雇工是远近皆知的，是公认的为富不仁者。在1942—1943年大灾荒年间，他毫不留情地向佃农催租逼债，致使春天饿死了好几口人，而他把粮食囤积在自家基地的墓穴里，待机桨售高价。由于墓穴过于潮湿，埋进去的粮食很快便霉烂掉了。论民愤他并不比被群众打死的赵祖辉小，可他要比赵祖辉狡黠几分。每次批斗前不论天气寒暖都穿一身棉袄棉裤、戴一顶栽绒棉帽，裹得全身只剩一张圆猫脸儿。被殴打时他不失时机地把脸埋予胸前。被打倒在地时又会很有技巧的滚动，把身体的要害部位躲避于暗处。可以公道的说是他的狡猾使他存活下来。也许人人都不免成为一个经验主义者，当李金鞭被带进时人们又发现他故伎重演，可笑可憎。

李金鞭被带进屋后便深深地弯着臃肿的身子，低垂着头，不知是为了表示恭顺、认罪，还是不想让人看见他那张不讨人喜欢的脸，或者二者兼有。人的强迫观念有时会达到令人难以置信的奇异。在土改前，要是有人向他借钱不还，他肯定会认为这是罪愆，不可饶恕，更不用说剥夺他的全部土地和财产了。而现在，在众目睽睽之下，他对自己藏匿钱财的行为显然在意识中已认为有罪了。

审讯者除易远方、席立江外，还有村长李茂生、贫农团主席申富贵、妇女会主任王留花，包括押解受审者的民兵队长李恩宽。

"李金鞭！"村长李茂生首先执审。

"有。"李金鞭立即回答，未敢抬一下头。

"你一再发誓割净了封建尾巴，那些金银首饰是怎么回事儿？"

"我有罪。"

"你有什么罪？"

"我不该保留封建尾巴，我该死！可那些首饰是我老婆当初带过来的嫁妆……"

"你老婆家什么成分？"

"中农。"

"中农成分能陪送得起这么贵的首饰？"

"这……"李金鞭一时难答，却仍然狡赖不止，"她家里是中农不假，可她爹早年闯关东在黑河放过排子，存下一些家底……"

"就算这些东西是你老婆带过来的，就不是封建尾巴？"

"我有罪，我把这些东西全部交公。"李金鞭确实滑头，用已经不再属于他的东西做空头人情。但在第一个回合中，显然已被李茂生击败了。

易远方默默地观望着这对他来说还很陌生的斗争场面，他知道自己需要在这样的斗争过程中熟悉起来，以便更好地领导今后的工作。他觉得这位村长已颇具斗争艺术了。席立江曾介绍过他的情况，他是扛活出身，一度给李金鞭干过活，土改时很积极，是个有章程的人。工作队进村后卜队长动员他入党，他不肯加入，不过后来还是加入了，而且在村原党支书李海带头参军后他又兼任了支书职务。

李茂生继续审问李金鞭，动员他交出全部浮财，将功补过，然而他却一再表示手里没有一文铜钱了。

最后李茂生通知他明天在斗争大会上交代问题，何去何从，由自己选择。

李金鞭被带了下去。

又一个被带上来的是地主吕福良。这是个比李金鞭稍稍年轻、长得白白胖胖的汉子，他学习李金鞭的样子也穿了厚重的棉袄。从面相上看，易远方觉得他不是个很凶恶的人，甚至有些懦弱。事实也是如此。他自己下地劳动，对雇工也比较和善，当贫苦农民向他求助一点借贷时，他一般都会应允，在村里没有太大的民愤。在土改中自然无可避免地被剥夺了土地、房屋和牲畜，也挨了打。打他的多是些性格怯懦的贫雇农，他们不敢像李恩宽那样拷打赵祖辉、李裕川、李金鞭这伙凶狠地主，怕以后一旦变天遭到报复，于是就专门殴打他，有的边打边咒骂："我操你祖宗你凭什么霸占那么好的娘们儿当老婆！"说他的老婆是霸占而来并不符合事实，不过他的老婆生得漂亮却不假。据说死鬼赵祖辉当年曾私下对他表示，愿出四亩好地换得与他老婆的一夜风流。

吕福良站在刚才李金鞭退出来的位置上，默默地低着头。

李茂生问道："吕福良，知道为什么叫你来吗？"

"知道知道。"吕福良抬头看了李茂生一眼，又赶紧低下头去。

"知道就好，你打算怎么办哪？交不交出浮财，彻底割掉封建尾巴?"

"我交,我交,我全带来了。"

全带来了?所有人不由交换一下目光,随之又一齐盯着吕福良。

吕福良直直腰,把手使劲从棉袄领口处往下伸,掏出一只小布包,是白色的,在灯下很扎眼,像一块闪光的银锭,吸引着人们的目光。

李恩宽接过布包交给李茂生。李茂生在众目睽睽下打开了布包:一只金戒指、一副金耳环、一只银鞋拔子,还有几十块银元和一小堆铜钱。

失望而质疑的目光。比起从李金鞭老婆身上搜出来的金银首饰来,这些东西就显得太微薄了,太不够劲儿了。

吕福良这么痛快地交出的财物是他匿藏的全部么?

肯定不是。

当然,谁也不会认为他的浮财会超过李金鞭。一是他没有作坊;另外他有了钱就购买土地。他的家族从有了第一亩地时便形成一种世代相袭的痼癖:热衷于买地,土地甚于一切。要不赵祖辉就不会用四亩地做钓饵换取他的女人。但即使这样,他交出来的与大家期望的也相差太远了,何况是在没有对他采取任何压力的情况下主动交出。这不由使人断定这是一种骗局。

"吕福良你老婆那个臭×是打谱儿与我们贫雇农顽抗到底啦,你个狗日的王八蛋!"申富贵破口大骂起来,他说话尖而快,几乎没有一丝停顿,因而显得特别严厉。

吕福良不知所措地可怜巴巴地眨着眼。

李茂生问:"吕福良,你把所有的浮财都交出来了?"

吕福良求救似的把目光转向李茂生:"村长,我不敢保留封建尾巴,我全部都交出来了。"

李茂生说:"按你的家庭情况看,你肯定还有保留,肯定有。谁会相信五辈一百多年的地主家庭就这么一点小玩意儿?"

吕福良:"说实话,本来还有几样东西,可是……"

"啥东西?"申富贵赶紧追问。

"六个小元宝、两稷金条、两只簪子、一串珠子,还有四副银镯子……"

"埋在哪儿?!"申富贵站起身来,好像立即要去挖掘。

"没埋,叫……叫李裕川带走了……"

"砰"的一声,是申富贵向吕福良投去的一只喝水杯。

吕福良"哞"地一声大哭了,哭声很闷,像老牛叫。这哭声使易远方感到厌恶、憎恨。

李茂生大喝一声:"别哭了!"

可他还哭,哭得极悲伤,眼泪和鼻涕一串串往下淌,他也不擦掉,直到察觉李恩宽向他走过来才戛然止住哭声,但是已经迟了。

李恩宽抬手做刀状向他的后颈处砍了一下,他出手极快又似乎没有运力,只是像驱赶蚊虫般把手一挥,吕福良就直挺挺扑倒在地了。

沉重的撞击声使易远方生出一种复仇的快感。

倒地的吕福良赶紧从地上爬起来,恢复了原来的受审姿势。也许他明白,既然哭泣使他挨了打,那么赖在地上更不会有好果子吃。

可他却没料到,这时李恩宽已从腰间拔出一把刀来,他顿时吓呆了,直愣愣地瞪着眼。这时易远方的心也不由地往上一提,他不知道李恩宽要怎样对付吕福良,是威吓他?还是来真格的?他早已从副队长席立江口中得知李恩宽的情况,他确信他在怒起时什么都下得手。开始斗争地主时广大群众心里有顾忌,不肯动手,李恩宽不在乎,抡起棍子便打,恶霸地主赵祖辉就是死于他的棍下。后来他对人说,他打赵祖辉时眼睛并不看他,怕看了心软,就盯着拴在不远处的一头骡子。那是李裕川家的骡子,有一遭踢过他,他恨它,就把赵祖辉当成那头骡子来打,打死了。不过以后再打地主时他就用不着那样了,尤其是当了民兵队长,他的斗争精神愈来愈被人称道。他也常犯些错误,主要是生活作风错误,他好色,他常说:咱老宽没别的喜好,就是喜好个娘们儿。开始他主要把眼光盯在地主富农家女人的身上,要是单独撞上这样的女人他决不会轻易放过的。他在新搬进李裕川家之后,把一个从外村来探亲的地主闺女带到后院强奸了她,后来又和另一个民兵把这个闺女带到另一个空院轮奸了。他还企图占有吕福良的俊俏媳妇何桔枝,但没有成功。工作队和村干部批评过他的错误,他口头上认错,心里并不服气,说:狗地主光玩我们的女人,就不兴我们玩他们的?世上有这样的道理么?还说:地主女人也是我们的胜利果实,是果实就该归我们享受。他除了好色还好点财,他利用站岗的机会侵占被没收的地主家财物:粮食、衣裳、农具等,只要得手就往自家里拿。他是李裕川家的长工,他曾觉得戴上眼镜的东家更显威风,更叫他惧怕,于是头一次斗争李裕川就先一掌打掉了他的眼镜,后来便把它据为己有。他确实有不少错误,但想到他在斗争中别人无法替代的作用,人们也就不再求全责备了。

眨眼间李恩宽用刀把吕福良的腰带挑了,棉裤落了下来,露出里面的裤衩,李恩宽又一把扯了下来,这时只听王留花惊叫一声。也许是这叫声把吕福良从迷沌状态中唤醒,他发出牛样的一声长哞,双膝一软,"扑通"跪在地上,磕头不止。

李恩宽伸手向他的胯间摸去,口中骂道:"狗日的到底要尾巴还是要鸡巴?"

易远方这才明白李恩宽要干什么了,血液在他身上急速的奔腾着。他知道如果没人阻止(不阻止便是一种认可),李恩宽会眼睛眨也不眨就把他阉割了,就像阉割一头猪。作为工作队队长,他头一次面临这种事态,不知该怎样处置眼前的场面,他不由看了李茂生一眼。

李茂生却有着充分的经验,他朝李恩宽使个眼色,后向吕福良厉声喊道:"站起来,不老实交代没好下场!"

吕福良战战兢兢从地上爬起,用手提着裤子,他瞅瞅地上的腰带,又瞟瞟李恩宽,没敢妄动。

李茂生继续审问:"老实交代把浮财埋在什么地方?"

吕福良迸着哭声回答:"村长,我说实话,不敢撒谎,东西真的叫李裕川带走了……"

李茂生问:"李裕川逃跑前找过你?"

吕福良说:"他叫我和他一块儿逃走,我没答应。"

"你为什么不跟他逃跑?"

"我不想离家,我没做过恶事,我寻思交出了地和房子,共产党能叫我过日子……"

"你怎么能认为没做恶事？你没雇过工？你没出租过土地？这都是剥削，剥削就是罪恶，你不明白？"

"我……我明白，我有罪。"

"你知道李裕川要逃跑，你为什么不报告？"

"他，他说要是我报告了，以后他带人回来杀我全家。我没报告有罪……"

"后来呢？"

"后来他和我说，共产党分完了地和房子，就追查浮财，谁也别想躲过去。他说不如先把浮财交给他带出去，等以后平安了再还给我，我就信了他的鬼话，让他带走了。"

"你叫他留下字据没有？"

"没有，当时我没想到。"

"一派胡言！"李茂生怒喝一声，"你个有名的守财奴，会把这么贵重的东西随便交人带走，连张文书都不留，谁信你的鬼话？"

吕福良绝望地哭诉道："村长，我知道有口难辩呀！可我说的是实情，往后要查出有半个假字，我受千刀万剐，呜呜——"

"我们会查清的，你回去好好反省，明天在大会上继续交代问题，再顽抗下去就把你交给李恩宽！"

吕福良被带下去。

易远方万万不曾想到，被民兵队长再一个带上来的竟是李朵，那天在胭脂河邂逅的女学生，不由惊讶地睁大眼睛。这时他的直觉一下子告诉他：她是逃亡恶霸地主李裕川的女儿，不会错。他脑中又迅速闪出那天在胭脂河边的情景，猛然醒悟赶车的申富贵为什么不肯把她带走。区委书记老何曾对他讲过申富贵与李裕川之间奇异的恩怨。如同他那富贵吉祥的名字，申富贵确实富贵了大半生，直到土改前三年还占有几十亩好地、一匹马、一挂车，他长年雇一名长工干粗重的农活。如果在土改中划定成分，他起码可以划为富农，但他却忽然破产了，成了穷光蛋，土改时定了贫农成分。从富农到贫农，从敌人到贫农主席，这番巨变首先得归咎于他的年轻漂亮的老婆，他是凭家产娶到这个俏娘们儿的。可这个娘们儿有些怪异，她对漂亮强壮的男人比富裕殷实的家业更感兴趣，偷偷与本村一个小伙子通奸，当奸情发展到干柴烈火的局面被老汉察觉。他自知无力与那强健的奸夫匹敌，就告到村长李裕川那里。李裕川并不怠慢，立刻派村丁捉来奸夫淫妇，不问青红皂白，吊在梁上一阵好打，然后每人罚十块银元，那娘们儿穷家出身，并无私房贴己，交不出银元，李裕川便责成老汉代交，这判决怎么说也不能称公道。而那女人以后并不收敛，依旧通奸不止，老汉却不肯再告了，他舍不得交出银元。谁知李裕川并不罢休，仍让村丁捉奸，捉到便如法炮制，先打后罚，这样老汉便需按老婆跟人睡觉的次数往外交钱。说来李裕川着实可恶，其实他是看上了老汉的三十亩好地和那匹马。果然不到两年工夫，老汉破产了，地和马都典卖给李裕川。他成了赤贫，后来老婆又跟那个负债累累的情夫下了关东。土改时斗争李裕川，老汉积极带头，勇猛异常，后被选为贫农主席。易远方听了这样的介绍颇感迷惘：该如何看待申富贵几乎是一夜间的兴衰与阶级更迁？财产与人的本性究竟是怎样的关系？作为一个对农村状况所知不多的土改工作队队长,他确实感到迷茫。

李朵沉静地站着,用些许质疑与惊慌的目光看着她面前的人,就像一个女学生站在执考老师面前等待提问那样。易远方察觉到她认出了他,可她没表示出什么,只是目光在他身上稍多一些的停留便移开了。

她的目光又使他想到周诺君。

李茂生开始审问:"李朵,你回村几天了?"

李朵回答:"五天。"

李茂生:"为什么一直不向村里报告?"

"报告?我不知道还要报告。"

"回来后出过村子没有?"

"出过,去胭脂河捞花瓣。"

"捞花瓣?捞花瓣做什么?"

"给小婉治病。"

"你咋还扬着头?低下头!"说这话的是王留花,这是今晚她头一次说话。她是妇女主任,她应该对李朵说话。

李朵没吱声,只是忽闪着大眼睛看着王留花,好像没听清她说的什么,也没按她的指令低头。

王留花刚要发作,李茂生又开始问话了。

"李朵,李裕川逃到青岛后,你和他通过信吗?"

"通过信,"李朵回答,"后来天津和青岛不通邮了,就中止了。"

"他的地址是怎么写的?"

李朵没立即回答,久久看着李茂生。

李茂生又问:"他的地址是怎么写的?"

李朵探询地问:"茂生叔,为什么要问我爸爸的地址呢?"

李茂生:"我们什么都可以问,你必须如实回答。"

李朵仍然疑惑地注视着李茂生,问:"你们要去把爸爸抓回来吗?茂生叔,是要去抓爸爸吗?"挂在梁上的马灯光线很暗,可仍能看清李朵惊慌不安的神情。

"抓不抓是我们的事情,你不必问,只要你说出地址。"

"抓到爸爸,你们会怎样处置呢?茂生叔,我想知道这个。"

"我们没必要告诉你这个。"

"爸爸会得到公正的处理吗?祖辉大爷没经法律程序给打死了,对爸爸也会这样吗?"

"法律程序,"李茂生哼了一声,"地主老财压榨剥削穷人,有法律程序吗?他们对穷人想怎么处置就怎么处置,有法律程序吗?"李茂生尽管是农民,但他的思辩和口才极好。易远方觉得他对李朵的驳斥是有理有力的。他不由又想到小黄庄惨案,黄大麻子杀得全村鸡犬不留,又是经过了什么法律程序了?当然他又不认为李朵是有意站在地主阶级的反动立场上,而只是书生气十足。

"不告诉我爸爸会得到怎样的处置,我就不能说出爸爸的地址。"李朵断然说。

一时空气紧张,易远方没料到李朵会这么理直气壮地拒绝说出地址,这无疑要触犯众怒,同时又无意义。他很清楚,青岛是敌占区,即使知道地址对李裕川也奈何不得。李茂生自然也知道这个,所以他不再追问下去了。

"你父亲李裕川是个罪恶累累的大恶霸地主,没受到惩罚就逃跑了,但迟早有一天会被捉拿归案的。"李茂生说,"你是他闺女,从小享受着他剥削得来的果实,当阔小姐、进洋学堂,你不觉得这同样是罪恶?"

李朵想了想说:"茂生叔说的都是事实,我们家确实欠下了乡亲们不少债怨。爸爸不在家,我是他女儿,我愿意向村里的乡亲道歉。"说着她向前深鞠一躬。

道歉?鞠躬?人们又是一怔,谁都没想到会出现如此一番情景。易远方也感到意外。不过他似乎觉得可以理解李朵此时此刻的心情,她的道歉是真诚的,是满怀忏悔之意的,但她却不知道在这残酷的阶级厮杀搏斗中,这般的道歉、忏悔就有些滑稽可笑了。

果然听到有人笑出声来。是王留花。

"道歉顶屁用,废话少说,急溜溜把浮财交出来!"申富贵说。

李朵被王留花的笑弄怔了,也没听清申富贵机枪扫射般的话,只是茫然地看看王留花,又看看申富贵。

李茂生说:"李朵,这里不是洋学堂,是李家庄,你得以实际行动为你的家庭赎罪,把浮财全部交出来!"

"浮财?"李朵转向李茂生,"啥浮财?"

"浮财就是金银财宝,金戒指、金耳环……"

"我有一副金耳环。"李朵说。

她向后捋捋头发,从耳朵上取下耳环来,上前递给了李茂生。

这副耳环没引起任何人的兴趣,李茂生接过顺手丢在桌子上。

他说:"我们要的不仅仅是你个人这点点小玩意儿,而是要你家的全部浮财。你们家有许多金银首饰、金条、小元宝、金簪子、金镯子、珠子、玛瑙、翡翠、银元、铜钱,数量很大的,你必须交代埋藏地点,隐瞒是不行的,明白吗?"

"我……明白,土改啦,这些财产应该交出来,可我不知道埋在哪儿,我真不知道埋在哪。"李朵说。

李茂生用手拨弄着桌上的金耳环,说:"你怎么会不知道呢?我们知道你是知道的。"

"我不知道,茂生叔。"

"你妈会不告诉你?是她和李裕川一块儿埋的,今晚叫她来交代问题,你不知道,为什么要代替她?"

李朵说:"我妈病了,起不来炕,我和恩宽哥说了,就替妈来了。"

李茂生说:"你替她来就得把问题交代出来。"

"可我真的不知道。"

"你不知道就叫你妈在明天的斗争大会上交代。"

李朵急了:"我妈病很重,身体虚弱,我请求你们不要斗争她,行吗?茂生叔。"

李茂生说:"这办不到,不过,要是你回家向她问出浮财的下落,告诉我们,就不斗。"

李朵低头不吱声,过了会儿说:"我一定向妈问出下落,告诉你们。"

"嗯,一定得问出来。"李茂生说,"还有,你记住,从现在起不准离村外出,直到交出全部浮财为止,听见了?"

"可是，我还得去河里捞花瓣……"

"不行！"李茂生断然拒绝。

"这……这是不能中断的……"李朵着急地说，她忽然把目光转向易远方，闪闪地看着他。这是今晚她头一次直接把目光对向他，这是求助的目光。易远方对她目光的含意是明确无疑的，他心里不由一阵慌乱，可他又很清楚自己无法帮助她。

他低头避开了李朵的目光。

李朵给带下去了。

下一个是富农孙永安。

五

早晨村子笼罩在雾气里，炊烟升不到空中去，掺合在雾气里使人窒息。这不由使易远方想到多雾的青岛，那里的雾气要比这里的清新，饱含着大海的气息。每当浓雾弥漫在城市与海滨，便听到从茫茫大海的遥远处传来一声声低沉悠长的牛哞，迷途的船只循着声音便能穿过雾幔安全归返。本地人传说海里有一只神牛，是这只善良的神牛忠贞不渝地为航海人造福。他记得曾多次与周诺君辩论过这只神牛存在的可信性。他从唯物论的观点对此表示怀疑，周诺君却坚信不移。她的母亲是一位虔诚的天主教徒，于是他就嘲笑她是天主的女儿。她承认自己有着浓厚的宗教思想，但这并没影响她倾向革命。昨晚睡下后他又想到了周诺君。

易远方去一个叫李锁子的贫农家吃饭，为广泛联系群众，掌握情况，工作队员都是单独到各户吃派饭。易远方走进祠堂大门向西拐去,走到树中那株白果树下,碰见了赵祖辉的儿媳,名叫小婉的疯女人,这是他第一次见到这个掀起一场大风波尔后又失去神志的女人。此时她正专心致志地摇一根绳子,她把绳子的一头拴在树上,扯着另一头把绳子抡圆,就像有人在跟她玩跳绳游戏那样。她摇着,按绳子旋转的节奏哼唱着:从官道上过来一个俏小伙,他是俺来喜哥你为啥不理我……她反复哼着这两句,神情很平静。易远方发现她不像常见的疯女人那般蓬头垢面,倒像一个注意修饰打扮的正常女子。她长得很好看,不然也难被娶进财主家。易远方没料到她竟如此年轻,比李朵大也大不了几岁。看见这疯女人他不由想到他的前任卜队长,就是为这个女人,卜队长不光彩地回他的家乡长丰了。

易远方颇有些恐惧地轻轻从小婉身后绕过去,聚精会神的小婉也没看见他。

进村几天来他面临着许多考验,吃派饭便是其一,或者说是真正的考验。昨天他在一个叫李忠保的贫农家吃饭,他住在村头的一幢破草房里,屋里像个垃圾堆,墙壁被柴烟熏成了黑色,地上到处是麦根、破瓦片和碎布,一条狭窄的土炕占去屋子的一半空间。他的大闺女正在炕上睡着,躺在一床满是灰尘的被子下面,消瘦的胳膊从破窟窿里露出。她得了结核病,不住地咳嗽、吐血,走进屋便闻到一股令人窒息的恶臭。李忠保的老婆几乎是用手把饭装进一只碗里,就叫他坐在炕沿上守着那个快死的女孩把饭吃下去。他知道,在这些碗筷上面,在呼吸的空气里,都已经沾染了结核病细菌,可是必须做出若无其事的样子吃。当时他的心情是沉重的,这就是中国农村的现状,是贫苦农民生活的一个缩影。如果说他的学生时期的革命热情是来自书本,来自空洞的理念,那么在这户贫病交加的农家里,他才真切地认识到革命之对于中国,尤其对于广大农村中苦难的农民是何等的紧迫不怠。

他走进李锁子家。李锁子是一个叫人说不出年龄的农民。他高高的个子,体格强壮,相貌粗犷,单看那一脸皱纹好像已五十开外。可他的行动矫健、肌肉发达,又像只有三十多岁的模样。庄稼人先从脸上老,他的老婆也同样是满脸皱纹。从屋里的陈设看,这户人家不比李忠保富有,但收拾得还较干净。他们给他吃的是面条、麦面、豆面和地瓜面混合在一起的面条。

"昨天黑下你们工作队和村干部溜墙根来着?"陪他吃饭的李锁子冷不丁问了这么一句。

易远方一怔,问道:"你,怎么知道的?"

李锁子说:"我看见了,没想到你们公家人也溜墙根,看人家两口子在炕上干事儿。"

易远方的脸"刷"地红了。他不再吱声,埋头闷闷地吃饭。他知道无法对李锁子解释什么。昨晚放走了李金鞭等人,紧接着便开始了对他们进行秘密监视,以便找到藏匿浮财的蛛丝马迹。不管怎样看待这一行动的本身的道德性质,但却是十分必要的,也是行之有效的斗争方式。事实上也确实收到了效果。从偷听李金鞭黑下和他老婆的谈话就证明了他手里仍然掌握着不少浮财,这就对下一步斗争李金鞭心中有数。自然,监视中也无意间看到了一些不应该也不必要看到的事情,譬如普通农民讳莫如深的夫妻生活,但这又实在是无法回避的。在监视前对人员进行分工时,李恩宽提出他去监视吕福良,当时大家心里都觉得不妥,可又没理由反对,李茂生便提出让他和李恩宽一起去,他就去了。吕福良住在村子后面一座孤零零的草房里,这草房的原主人已住进他的青砖大瓦房里。黑下月亮很亮,照得草房像落了一层厚霜。李恩宽把他带到房子后面,进入月光的阴影里。李恩宽蹑手蹑脚靠上一只亮着灯光的窗子,用舌尖在窗纸上舔出一个洞,向里看去。他忽然发现李恩宽的身子像打摆子似的抖起来,抖得十分厉害,也听得见他愈来愈粗的喘气声。他赶紧向他靠过去,小声问:"怎么啦,李恩宽?"李恩宽没回话。他碰碰他的背又问了一遍,李恩宽才回过头,暗中两眼像火样亮,说:"快看!"他就学着李恩宽的动作把窗纸舔破,把一只眼对过去,这瞬间,只见一团白光闪闪,他差点叫出声来,连连倒退几步,身体也不自禁地颤栗起来。眼前依然亮着那团白光,这团白光直到他回到祠堂也未熄灭。他只听得李恩宽对众人大骂吕福良:"那王八蛋一边哭一边和老婆干,告诉他老婆交不出浮财就割鸡巴,两人就一边干事一边哭,好像有了今日没明日,这个王八狗杂种……"他听李恩宽大骂时心里也膨胀着对吕福良的憎恨,也包括对自己的不可名状的憎恨。他的情绪从来没有像这么浮躁过。去李朵家"溜墙根"的王留花回来也愤愤不平。这不仅因为她没探听到有价值的线索,还因为她看见了李朵临睡前的卫生习惯,她恨恨地骂道:"她娘的那小妖精上炕前还得洗洗臊胯子,就像叫十八个男人操了……"积怨甚深,贫苦农民不放过一切渲泄仇恨的机会,这本是可以理解的,即使过分些也是可以理解的。千百年来贫苦农民承受的欺压屈辱确实太深重了,就像地层深处的岩浆，火山一旦爆发，也就不会恪守这样那般的规范。而现在，他却没想到李锁子对他们"溜墙根"的行为提出了异议，李锁子同样是贫苦农民。他感到困惑。

易远方草草吃了饭，离开李锁子家。这时天已清朗，雾气消散，太阳把热力倾泻在狭窄肮脏的村街上，暖洋洋的。避风向阳处聚集着一些老头子，一样的肥大破烂的黑棉袄，一样的下面扎着带子的黑棉裤，一样的干枯的布满皱纹的脸，一样的肮脏的八字胡。他们坐在小板凳上聊天、晒太阳，又脱下棉袄捉虱子，用指甲挤、用残缺不全的牙齿咬。这样的"战斗"他们锲而不舍地进行了一生。当易远方从他们面前走过时，他们才稍稍停下用惊异的目光看着这个"公家人"。

白果树下，疯女人小婉仍在，但不再摇绳圈了，许是摇累了，或是独自玩腻了。此刻她一动不动地倚在树上，向东望着灿烂的天际，阳光在她脸上照出清晰美丽的轮廓。她已经不是那个勾引革命者的小婉了，而是疯女人小婉，易远方想。她的罪过已同她的灵魂一道消失了。她只是一具躯壳，一具美丽的躯壳。李朵千方百计要把她唤醒、复苏。想到这，他的面前倏然出现一双闪闪的眼睛，眼睛里射出祈求的目光。这目光叫他面对小婉不由生出一种畏怯的心理，他想避开小婉，从她的身后绕过去。然而，这时小婉竟看见了他，脸上立刻现出兴奋的表情，她直愣愣盯着他，迈大步向他走过去，他不知所措地停下脚。小婉冲他笑了，笑得放浪而妩媚，笑着向他发出响亮的询问："干不干？不干堵死啦！"他的头皮突然一阵发凉，下意识把手按在腰间，朝她吼道："老实点儿，不老实开会斗争你！"小婉没被吓退，又嘻嘻笑了："斗争俺，凭啥斗争俺？

俺是革属!"他不知该怎么摆脱这疯女人,正在这时从小学校里传来一阵钟声,是召集开会的钟声,这钟声叫小婉一怔。他趁机逃离了小婉,没走多远又听到小婉向他的呼叫:"凭啥斗争俺,俺是革属,俺是革属,谁敢斗俺……"

他没再回头,大步向小学校奔去。

六

上午的斗争会成果丰硕,挖出一千块银元,打死了李金鞭。小学校院里热闹得像唱戏,全村男女老幼情绪高涨,密密麻麻的人群显示一片近乎黑色的深蓝。这种颜色的洋布便宜,妇女都用它给男人和孩子做衣裳。在这一片黑暗当中,点缀着白色和土灰色,这是穷得连染料和洋布都买不起的人穿的家织的土布衣。在这暗淡的黑色与灰色中间,还掺杂着零星的鲜艳色彩,不是这个姑娘穿的红裤子,就是那个年轻媳妇穿的绿裤子,再不就是那个怀抱婴儿头上戴的五色小"龙帽"。男人们坐在会场的最前面,一边镇定地抽烟,一边谈话,议论着今天要开的斗争会,时而骂几声"狗地主"。他们小心地从挂在腰间的小皮荷包里弄出一小撮烟叶,把它装进黄铜烟锅里,然后用火镰在火石上敲出火星,把点燃了的火绒按在烟锅上。这袋烟点着后就传来传去,使得它在烧完之前至少有四五个人都能吸上一口,稍停,另一人又装上一锅。男人们抽烟聊天,女人们就做起从家里带来的针线活儿:有的捻麻绳,有的用已经捻好的麻绳纳鞋底,一边做活一边拉着家长里短,无非是谁家的媳妇嘴馋谁家的婆婆心狠。小孩子们在大人面前嬉闹玩耍,兴高采烈地欢呼着:"斗大肚子喽!"乡间缺少娱乐,小孩子平常可以看到的热闹场面只有娶亲和出殡,如今又增加一项就是开斗争大会。平时他们总盼望着开会,得到消息便奔走相告,早早抱着凳子、蒲团去会场占好位置。有时他们也效仿大人开他们自己的斗争会,找出一个孩子扮成"大肚子",叫他弯腰和游街,直到把这个"大肚子"斗争得哭叫起来才尽兴散去。在人们焦躁不安地期待下,民兵们终于把今天要斗的人押进了会场,会场顿时鸦雀无声,几百双眼睛一齐停止转动,像盯着被捕获的野兽般盯着这些人。其实,多少年住在一个村里低头不见抬头见,彼此并不陌生,可是在知道了这伙人是他们的敌人后就突然感到陌生,并且充满了仇恨。他们开始懂得该怎样算剥削账,他们把自己的几十年还有先宗列祖的数百年间所交纳的租粮加在一起,忽然目瞪口呆了,这是一个巨大的让人喘不过气来的数字。这个数字足以购置上百亩土地以及盖一幢像样儿的青砖大瓦房,可是狗日的地主没有叫他们实现,剥削得他们辈辈一贫如洗。现在看到这伙仇人像狗似的被押进会场,心里就实实在在的痛快。走在最前面的是易远方已经见过的李金鞭、吕福良、孙永安,走在后面的是女人:李金鞭的老婆邢金枝、吕福良的老婆何桔枝、李裕川的老婆李朵的母亲王晓存,还有赵祖辉的老婆小婉的婆婆赵杨氏。这伙剥削者后面跟着携棒的民兵队长李恩宽。他一改平时装束,穿一身暗红色旧衣,村里人都知道他有这样的习惯:每次开斗争会前都要换上这身旧衣。因为打死赵祖辉时,血把他刚分的新衣染红了,使他大为懊丧,因没人给他洗衣。后来他就准备了这身"工作服",用时穿在身上,不怕血污;不用时挂在民兵连连部的墙上,像一面火红的旗帜。先斗李金鞭,这是事先商定的,因对他心中有数。李恩宽把他往前推推,还是村长李茂生问话。易远方、申富贵、王留花坐在台上。开始并不顺利,李金鞭死到临头仍执迷不悟,还一口咬定不再有一文铜钱了,打死也没有了。话已说绝。群众愤怒地呼起口号,下面就轮到李恩宽了。他又把李金鞭往前推推,没说什么,就开始给李金鞭解棉袄扣子,李金鞭怔着。李恩宽不动声色地缓缓解着,一点儿也不粗暴,甚至有些温情,就像一个心底善良的弟弟在细心照料一个患呆痴病的哥哥。转瞬间棉袄扣子全解开了,这时李金鞭突然清醒过来,他挣扎着哀求着不让李恩宽把棉袄脱下,他明白只要卸下这副"甲胄"就性命难保了。他的反抗激起李恩宽的愤怒,照准他敞开的前胸打了一拳。这时李金鞭的老婆"哇"地大哭起来,朝李恩宽跪下了,叫着:"恩宽兄弟行行好,饶了俺吧,饶了俺吧……"王留花离开座位向她走去,伸手撕她的嘴,血淌了出来,不住地往地上滴。她憋住了哭,但依然跪着。这边李恩宽已把棉袄脱下。会场有点乱了,有人喊叫:"把狗日的裤子也扒下来!""扒下来!""扒下来!"李金鞭呆痴了,直直地瞪着眼。这时李恩宽抡起棒子朝他打去。头一棒打在肩膀上,只听"咔嚓"一声,会场上所有人都听见骨头断裂声。李金鞭应声倒地,杀猪似嚎叫着,满地打滚。李恩宽仍一棒一棒打下去。易远方心头不由一阵颤栗,他有生头一次见这般不顾死活地打人场面。他在大学时曾听一位同学讲过名贵补药阿胶的制作过程:用棒子将驴子活活打死,让驴血最大限度地积淀进驴皮中。李恩宽此刻就像在打一条准备制作阿胶的驴。易远方不知李恩宽此时心里怎样想,可他知道自己在想着小黄庄东河里那片人腿的"碑林",他努力去想那座"碑林",想那一双双脚的模样。他听到李金鞭的老婆重新发出的哭声,她边哭边道:"他爹交出吧,交出来吧……"李茂生让李恩宽停手,朝李金鞭问:"李金鞭你老婆说叫你交了,你交是不交?"这时李金鞭已完全瘫倒在地,鲜血淋漓。他的嘴唇动了动,接着挣扎着爬起,一瘸一瘸地向村外走去。民兵、村干部、群众跟在后面。太阳照得村外明朗,空气里飘着植物的苦香。李金鞭走到河堤上的一株歪脖柳树下,用手朝树下面指指。立刻就有人开始挖掘,很快挖出一只坛子,里面装满了银元,数了数整整五百块。五百块大洋。人们喜笑颜开,全村每户可分到两块半。喜悦之后紧接着又是愤怒:这个狗地主口口声声没有了,结果还保留这么多,没准还不止这些呢。"叫他全部交出来!""两块半够买个×!还得叫他交!""不全部交出来就揍死他!"人们狂喊着。土改斗争是这样与农民的直接利益相关连,不仅每一亩土地,每一头牲口,甚至每一块银元铜板。由此而激发的革命原动力便可想而知了,易远方首次想到这一问题。趁热打铁。渴望得到更多收获的群众迫不及待地在河边围成一个新会场。李恩宽又继续拷打李金鞭,群众喊口号助威。李金鞭终于顶不住了,同意再交。他已经爬不起来了,就让人抬着顺河堤向下走去,又来到一株古怪的歪脖树下时,李金鞭伸手指了指。挖地三尺,这次挖出的是一只相同的坛子和数量相同的银元。干部群众的情绪激动,人们涨红着脸,不知该喜还是该怒,一齐臭骂着李金鞭。李茂生走上前问道:"李金鞭,你还想把其余的保留吗?"李金鞭吃力地吐着字音:"没有了,真没有了。"李茂生说:"没有了?没人相信你的话，群众的情绪你看见了，若再不识时务，可就死到临头了！""给我香。"李金鞭说，他大口大口地喘着气，脸白得像纸。李茂生问："要香干什么？""我……我要起誓。""起什么誓？""我起誓，没有了，真的没有了，再有叫我断子绝孙……"李茂生忽然抬头看看易远方，这是征询的目光。易远方迟疑了一下，没表示什么。这时又响起口号声："别相信狗地主的鬼话，揍狗日的！""李恩宽揍狗日的！""让我起誓，让我起誓……"李金鞭呻吟着。直觉告诉易远方，李金鞭确实不会再有了。农民迷信，一般是不敢违心起誓的，怕遭到上苍的报应。对李金鞭的斗争应该结束了。他刚要把这想法告诉李茂生，可忽然又犹豫起来：相信一个地主的指天发誓而停止斗争，是不是要犯右倾的错误？却见李恩宽从人堆里揪出一个青年，他是李金鞭的侄子，叫李吉年。"我累了，你揍他！"李恩宽向他发出命令，同时把棒子交给他。李吉年没接棒子，李恩宽给了他个嘴巴子，说："你他妈不愿和地主本家划清界限，是不是你给他窝藏了一坛子银元？嗯？！"李吉年立刻吓得两眼发直："没有，没有，你千万别冤枉好人哪……"在挖浮财斗争中，群众对窝主是十分憎恨的，一旦发现了窝主就与财主同等治罪，打死窝主的事在邻村屡见不鲜。于是李恩宽一定要证实他是窝主："你是好人？你是好人为啥不打坏人？你不打坏人就是同伙，你同伙就证明你是窝主，你是窝主我就得揍死你！"他挥去一棒子。李吉年毕竟年轻，躲过去了，但却屈服了。表示愿意以实际行动与他的反动本家划清界限，证明自己没有充当窝主的角色。他两手哆嗦着接过棒子，抡起朝李金鞭打去，他不敢用力，又不敢不

诺言

用力，边打边流泪，嘴里嘟噜着："我叫你不交，我打死你。我叫你不交，我打死你。呜呜——"奄奄一息的李金鞭已不经打了，很快咽了气。接着被填进歪脖树下刚挖开的洞穴里埋掉了。人们拾着银元返回了小学校会场，接着斗争王晓存。刚挖出的一千块银元吊起人们更大的胃口，燃起熊熊的希望之火。李裕川是村里的首富，在任村长期间又不乏敲诈勒索，聚敛的财富肯定不在李金鞭之下。他跑了，跑了和尚跑不了庙。王晓存是一个面容憔悴而不失风韵的女人，易远方曾听李茂生介绍过她的情况：她出身于一个大户人家，父亲是青岛恤养院院长，颇有些文墨，善写会画。她幼时曾跟她父亲读书作画，学识不在李裕川之下，人品更居李裕川之上。她为人平和、通达，待长工、丫鬟不薄，在村里人缘也不错。李茂生认为，如果她能痛痛快快交出浮财，群众不会把她怎样。问题是她家的浮财究竟落于何处，还叫人难以猜测。昨晚王留花去她家偷听，李朵回家后便向她询问浮财埋在何处，并劝说她全部交出，她告诉李朵浮财全部叫李裕川带走了。任李朵再三追问，她仍是这种说法。当时李茂生和易远方认为，王晓存的说法并非完全不可信。李裕川为人奸猾毒辣，他既然处心积虑要把吕福良的浮财骗走（是否成功另当别论），更不会把自己的留下。当然这种分析并不影响对王晓存的斗争。李茂生开始向她追问，她的回答果然同昨晚听到的一般。群众又高呼口号，又到了李恩宽出场的时刻，但这次李恩宽却不肯下手了，他以"好男不同女斗"为理由把打人的特权转让给王留花。王留花欣然应允，大概她也觉得对付地主女人自己责无旁贷，站起向王晓存走去。王留花是个十分命苦的女人，易远方听到她的苦难经历后十分同情。她是外乡人,从小被卖到这村给人当童养媳,受尽虐待。她盼着长大与男人合房成婚,心想那时就有人疼了,谁料没等到那一天,男人在秋天去南山砍草滚了坡。从此她就开始守寡,长年雇给财主家推磨,一推就是二十多年,推得身体都变了形,右半边身子向前倾斜。转惯了磨道,走直路倒头晕,黑下上炕一闭眼就听见磨响。她的死鬼男人叫吕喜子,村里平辈人都叫她喜嫂子,其实她从没沾过男人身子。要是说苦难与斗争性成正比的话,王留花就是。身为妇女主任,在斗争中对财主家女人她从不心软。此刻,易远方眼盯着她,王晓存也盯着她,整个会场的人都盯着她。她没从李恩宽手里接过棒子,李恩宽那根粗圆的棒子她奈何不得,只见她从发髻上拔出一根针来,以异常敏捷的动作向王晓存身上刺去。王晓存发出一声惨叫,险些跌倒。王留花举手再扎,这时李朵不知从哪儿奔了过去,快步置身于母亲和王留花之间,用身体护住母亲。王留花的这一针扎在她的肩膀上,只见她全身一下子绷紧,双脚原地一跳,却没叫出声来。她瞪着王留花,一字一字地往外吐:"你扎吧,扎吧,扎我吧……"王留花说:"就扎你,老娘知道你的小×痒痒了,要不干嘛天天黑下洗?老娘给你扎几下,叫你舒服舒服,过过瘾!"说着伸手往上撩起李朵的旗袍下摆,这时李朵抬手打了她个耳光,清脆的响声就像赶车人炸了一记脆鞭。王留花呆了,身体保持着刚才瞬间的姿势,纹丝不动,如同打飞了魂魄。此间会场上所有人都怔了,不知所然了。长时间地沉默着,好像在集体回忆着刚才发生了什么事。整个小学的院子静无声息,似乎还回荡着那声耳光的余音。这时李朵的母亲"轰"地倒地了。易远方是最早清醒过来的人，他大呼一声："散会！"又立即让人把昏死过去的王晓存抬回家去。中午时分，从村头那座草房里传来哭声，是李朵的哭声。当易远方和李茂生等人闻声赶来，李朵的母亲身体已经僵硬了，无法挽救了。李朵紧紧抱住母亲的躯体不放，谁也无法把她们分开。据说，王晓存回家苏醒过来后，便借故支走了李朵，李朵从出门到归来不过片刻时光，那女人便抓紧这点宝贵时光结束自己的生命。王晓存是这天死去的第二个人，紧追她脚步的是美人何桔枝。她是替吕福良而死，那是当天下午。斗争吕福良的情景使易远方感到沉重。这个软弱的人用一遍一遍的誓言，用一把一把的泪水乞求人们相信他的话，卑躬屈膝，可怜巴巴。但这一切都未能奏效。易远方清楚，并不是大家完全不相信他的话，而是根本不想饶恕他，因他的行为确实让人痛恨：他宁肯把钱财交给恶霸地主却不肯交给贫雇农，凭这一条他说什么都无用。"我担保，"他一遍一遍这么说，"以后从李裕川手里要回来一定如数上交，如若食言，天打五雷轰。"李恩宽把他按在地上跪着，问他："你这遭对老子说明白，到底是留尾巴还是留鸡巴？嗯？！"他眼睛不眨地盯着吕福良。易远方突然知道他要来真的了，他从他的眼光里看得出，李恩宽将说到做到。可他不明白为什么他对吕福良身体的这部分如此难容，耿耿于怀。会场立刻由喧闹转而肃静。吕福良也似乎明白在劫难逃，魂飞魄散，瘫倒于地。李恩宽又转向在身后站立的何桔枝，问道："何桔枝，交不交出浮财来？不交，就一刀断了你的'粮草'！"他说完这话后的目光很异样。何桔枝始终深埋着头，从上午到下午一直是这样。听了李恩宽的问话她仍然低头不语。一撮垂下的头发被风抚弄。

易远方承认，她的面目、体形都是十分俏丽的。不要说在这穷乡僻壤之处，即使在青岛，在阔小姐云集的大学校园里，像她这般天质无饰的美丽也不多见。"断了你的'粮草'！"这话使易远方好像看见了什么，朦朦胧胧，迷迷离离，他只觉得自己的心不停地沉下去。他不由抬头看看何桔枝，何桔枝仍无声地垂立，没丝毫表情。也许她比吕福良清醒，明白说什么都是徒劳。险恶关头女人常常比男人冷静。李恩宽见等不到回答，就提拉着吕福良进到与主席台毗邻的一间教室里，随之便听到令人毛骨悚然的嚎哭声——李恩宽下手割鸡巴了。这哭叫声愈来愈惨烈。易远方血往头上冲去，冲得他头晕目眩。他不赞同李恩宽如此施刑于人，想奔进教室里去制止，去告诉李恩宽可以用对付李金鞭的手段来对付吕福良，但不要这样。可他没有离开座位，像被一根绳索捆绑住，动弹不得。吕福良又发出死前的嚎叫，这时何桔枝抬头看着村长李茂生，说："村长，放了他吧，我交，我交出浮财，我知道藏在哪儿……"李茂生听了稍怔，接着飞一样冲进教室里。易远方也相跟于后。进到屋中，他看见吕福良已赤身条条被李恩宽按在一张课桌上，鲜血淋淋，像一头刚剥去皮的猪。他是趴卧在桌子上的，显然是企图用这种姿势保护住那个李恩宽决心要铲除的部位。李恩宽竭力要把他的身体翻动，他双臂紧紧地搂抱住桌子，不使李恩宽成功。他的还未丧失的求生本能确为自己赢得了时间。李恩宽恼怒地盯着进来的人。"住手吧，"李茂生对他说，"何桔枝要交浮财了。"仇恨未消的李恩宽用刀向吕福良的臀部扎下去。临时做出决定：会场不动，由民兵看守住吕福良和其他被斗的人，让何桔枝带工作队和村干部去挖出浮财。决定宣布后会场立刻骚动起来，群众要求一起去挖浮财，并呼着口号，队伍就浩浩荡荡出了村。在村口何桔枝站住不走了，她提出要求：带着她的女儿小灯一起去。她的要求不能说是合理的，但在这紧要关头，只能满足她。于是立即派人去她家领来小灯。她和吕福良生了两个孩子，大的男孩子在土改初期便送去她的中农成分的娘家了。易远方看着这个小灯，她五六岁的样子，长得酷似她的母亲，穿一身红衣，确像一盏点亮了的小灯。她瞪着吃惊的眼睛望望母亲，又望望围着母亲的一大圈人。何桔枝没说什么就牵着她的手向村外走去了。这时太阳开始西斜，这个时分的光线是一天中最明媚、最辉煌的。易远方看到田野比几天前又绿得浓重些，那是地里开始返青的麦苗儿和田埂路边上疯长的青草，星星点点的小花在绿丛中显得十分鲜艳醒目。小灯向她的母亲要这些野花，何桔枝就弯腰从路旁采下几朵交给小灯，小灯又给自己插在发辫上。后来何桔枝又把小灯抱起来往前走，人们跟在后面，只能看见她把小灯抱得很紧，时而把小灯的脸贴在自己脸上，好像对女儿说着什么。又走了一段路她停住了，放下小灯，挥手让她回村去，小灯听话地蹒跚着向村子走去了。易远方满腹狐疑，有一种不祥的预感。他向身旁的李茂生问道："再往前是什么地方呢？"李茂生想想，答："前面有她家的一块地，没准东西埋在那儿吧？"李茂生只记得那儿有她家一块地，却忘了地里还有一口井。这口井就留下了何桔枝的命。就在这天深夜，吕福良带着他的女儿小灯逃出了村子。

七

春的脚步加快向前移动，渐渐逼近夏的边沿。绿色的原野已不再绿得那么单调了，耀目的天空下，大地宛如一块彩毡从天边铺接到天边。

斗争暂时停止下来。不是因为死了几个人，死人是不可避免的，就像犁地难免要切断几条蚯蚓，踏死几只虫豸的道理一样。暂停是因为上级发出突击春种的紧急通知。挖浮财几乎使人们忘记了农时，忘记了土地还需要犁耕，需要施肥及播种，因为谁都不难发现从地里挖掘银元比在地里劳作得益要多。就在李金鞭死去的当夜，沿河数里河堤上所有躯干歪斜的柳树下都被人挖掘过。当早晨的太阳升起，人们看到的河堤已经千疮百孔。

然而，季节确实不容迟缓了。

几天来，易远方和工作队的所有成员一起投入到繁重的劳动中。席立江出身农民，其他队员也大多来自农村，种地是行家里手。易远方则很生疏。量材而用，他就帮没牲口的农户拉犁耕地，小贾和他一起。从事牲口的工作自然无需技术，却要付出更多的力气，绳套深深地嵌进肩窝，身子弯曲得几乎贴着地面，喘息不止，汗流如注。脚踏湿润肥沃的大地，他的思绪却在天际驰骋，一幅幅画面周而复始地在眼前闪现，而最终画面总要凝固于李朵打王留花耳光的那一瞬。那是怎样的一掌，至今仍使全村人感到羞怒难当，也感到震惊而迷惘。斗争对象在斗争会上打村干部的耳光，这样的事情在整个解放区也属空前，这是一个严重的事件，理应坚决打击，挽回影响。在当天下午斗争吕福良之前，王留花以最强硬的态度要求先斗争李朵，但他和李茂生没有答应，他们担心报仇心切的王留花会要了她的命。他单独找王留花谈了话，先称赞了她的阶级斗争性强，应继续发扬，同时又含蓄地指出她在斗争李朵母女时有些不妥之处。王留花却不承认有什么不妥。她问他：你是说应该用棒子打不该用针扎？他摇摇头，不知该怎么对她讲。后来他问她：为什么你扎她第一下时她没反抗，而你再扎时她就打了你？王留花说：因为第二下把她扎痛了。他说：不对，你还没扎下时她就打了你。王留花说：那是她嚣张，是她的阶级本性。他沉默不语了，他想也许她真不明白李朵冒死打她耳光的起因吧，要这样再说什么也是无用的。但他最后告诉王留花，立刻斗争李朵是不合适的。当时王留花恨恨地看着他说：你们工作队和俺们贫雇农不一条心，卜队长搞地主女人，你包庇地主女人，俺去区土改工作团告你！他没再说什么，可他知道这几句话的分量是很重的。王留花没再紧追这件事是因为后来村子里出现了鬼魂，首先是有人黑下撞见李金鞭的鬼魂，光着膀子，在村街上游荡，嘴里一声连一声地念咕着：给我香，我起誓，给我香，我起誓……后来几乎全村人黑下躺在炕上都听见他这要焚香起誓的声音。再后来又有人说看见了王晓存和何桔枝的鬼魂，王晓存脖子上拖着根草绳，何桔枝满身滴水，两人结伴而行，时哭时笑。易远方不相信会有这种事，深夜时他与贾金余持枪在村街巡逻，并没撞见传说中的鬼魂。奇怪的是回去睡下后他听到了李金鞭对他的呼唤，声音很小却很清晰：易队长，你知书达理，给我香，给我香！……他翻身坐起，开亮手电,却没照到什么异物。再躺下耳畔又响起先前的声音,弄得他满腹狐疑,彻夜难眠,捱至头一声鸡叫,李金鞭喋喋不休的呓语才戛然而止。一连几天,村子都陷入一片迷乱恐怖的气氛中,人人自危,黑下不敢出门。直到后来家家烧了纸钱,挂了桃枝,村子的夜晚才安静下来,鬼魂消去。易远方在日光下看着满街飘飞的纸灰和家家门楣上鲜艳的桃枝,茫然若失。紧接又出怪异,有人早晨开门发现悬挂的桃枝一夜间变得光秃,枝上繁密的花朵不知下落。之后每晚都有几家再现这种状况,人们刚刚平复的心境又生疑惧。易远方却突然彻悟:一定是李朵为小婉摘去了桃花。她仍然在为小婉治疗。她的母亲死后他曾经见过她一次,那是一个西天开始抹霞的傍晚,村南的田野看去有些紫红。李朵在一块空闲地里剜野菜,他见她还是原先的装束,只是头上多了一条白布带。她低头剜菜,他看不见她的脸,只看见刘海下面苍白泛亮的额头。他向她走过去,她抬头看了他一眼又低头继续剜菜。他默默地看着她,后来他就不看她了,眺望着南面沉郁的昆洛山。他心里堵得很,不知该对她说些什么。对李金鞭的死他并不感到惋惜,他是罪有应得,而且他是那么紧密地把他与小黄庄惨案联结在一起。但他对李朵的母亲王晓存的死却感到一种隐隐的歉疚。古语道:官不催病人。那天斗争会前他看见两名妇女把面色惨白、身体虚弱的王晓存架往会场时,他心中倏然闪出一念:不必叫王晓存参加斗争大会,可以组织几个人到她家里追问浮财下落,这样既坚持了斗争又顾及了病人。但他终于没讲出口。一个工作队队长提出这样的斗争方式会使人感到不可思议。他没有提出,于是便有了后面的事态及李朵那异乎寻常的一掌;于是又有了王晓存欲以解脱女儿的死亡。一个人的命运竟如此微妙地系于另一人的一念之中。还有何桔枝。当他发觉她的行为异常时曾企图阻止她再往前走，甚至包括李金鞭，李金鞭要求焚香发誓时他的直觉告诉他不会再有银元了。阻止还是不阻止，说话还是不说话，这些都决定于一念之间，而一念之差便决定了人的生死存亡。这不由使他感到沉重。他仍然默默地望着南面巍峨的昆洛山，轻轻对李朵说："回你姨家去吧。"他停了停又说，"早点离开村子吧。"李朵停止剜菜，没抬起眼睛，却摇了摇头。"为什么呢？"他问。李朵没有吱声，又继续剜起野菜。他后来就从地里走开。再后来也就是当晚，他让小贾避开众目给她送去一点粮食一点盐和一盒火柴。现在他不由想到：李朵不肯离村，莫非就是为了不停止对小婉的治疗？这实在又是没有道理。

这天掌灯时分，有一陌生人趁夜色潜入李家祠堂，神色慌张，左顾右盼。这时祠堂只有易远方一人。席立江和其他队员去户下吃饭还未回来。易远方发现这个不速之客，立刻把他喝住。这人急忙上前搭话，说道："你是易队长吧？我姓卜。""姓卜？"易远方张大眼睛，盯着他，"你，你是卜队长？"那人点头应是，向他伸过手来。易远方伸出自己的手，却继续审视着这个自称卜队长的人。他三十出头模样，体格健壮，眉目清朗，只是在灯光下面显倦容，恍惚不定的眼神透出内心的畏葸不宁。他难以相信这便是卜队长——他那声名狼藉的前任卜正举。当他在区上接受李家庄工作队长职务时，这位被解职的人已回他的家乡了。他不曾想到还会见到他，更不曾想到他竟然有勇气再次出现在李家庄。这个意志不坚定者给工作队留下难以洗涤的耻辱,当村子上空回荡着疯女人小婉的叫喊时,人们便条件反射地记起这个品行不端的人,同时发出几句咒骂。他是没有理由再出现在这块地面上的,然而他却像幽灵一样驾着黑夜降落在他的面前,这叫他心中生出不可名状的憎恶。卜正举提出要单独和他谈谈,不想见到工作队其他的人。出于一个后任者的礼貌,他尽管不情愿但还是答应了他的要求,把他从工作队办公室带到自己住的厢房内。

对方刚刚坐下便说明来意,他要求易远方今晚带他找到小婉见一面。因为他不便于自己单独去找。

"她疯了,难道你不知道么?"易远方努力压抑住内心的愤怒对他质问道。

"我知道,所以我更要见到她,"他可怜巴巴地看着易远方,"无论如何请你帮忙,让我见一见小婉……"

"我觉得没有这个必要了!没这个必要了!"易远方硬邦邦地拒绝了,他不看他,而看着桌上油灯摇曳不定的火光,"事情到了这种地步,无论是你,还是我们工作队,都只能为此而羞辱!"他眼里射出冷峻的光。

沉默。

卜正举同样直直地盯着豆粒状的灯光,灯光在颤抖,他的身体也似在颤抖。他说:"我知道,我的错误,不,我的罪过,是不可饶恕的,我给党的工作造成损失,是我害了小婉,害了可怜的小婉。我要澄清事实,向所有人澄清事实,不是小婉勾引了我,那种说法不是事实,不是小婉勾引了我……"

"不管是谁勾引了谁,事情没有两样!"

"不,问题是不应归罪小婉,小婉是清白无辜的!"

易远方哼了声,冷冷地说:"你现在来说这些,又有什么意义呢?为小婉正名,可小婉已经疯了,一个疯了的人是不会在乎自己的名声的。"

"是的,已经晚了。"他面露悲痛,"可我还要说清楚,小婉不是坏女人,即使她疯了,我也要为她洗清冤屈。小婉从来就没勾引过我,她是个好女人,是个苦命人,她家里穷,嫁进赵家门就像掉进了地狱,受尽了欺侮凌辱,赵祖辉那禽兽还不断地糟蹋她,她不从就往死里打,她想跳出火坑。我认识她时并不知道她是赵祖辉的儿媳。后来……我答应她,等土改后她和赵家离了婚,就把她带走,这就是事实真相。这些我都对席立江讲清楚了,可他不相信我,我对他说可以让上级处分我,千万不要斗争小婉。可是……她疯了,小婉没做妨碍土改的事,更没破坏土改,她希望土改成功自己得到解放……可她没等到那一天就疯了,是我害了她,我不能丢下她不管。我听说精神错乱的人见到当初给她造成刺激的人就能恢复神志,所以我要见她,想办法让她恢复神志。就是好不了,我也不抛弃她,我要求把她带走,一起回我的长丰老家,我会好好待她,伺候她一辈子……"说到此,他已经泪水满面,声音哽咽了。

易远方惊讶地听完这席话,尽管他说得没有条理,杂乱无章,但表达的意思却一清二楚。难道他与小婉的关系果真如他表白的这样吗?在解放区的土改中,地富们怂恿自己的妻女腐蚀村干部及工作队,这类美人计早已屡见不鲜,而前任却把自己和小婉的事情说成一种例外,涂上堂而皇之的色彩。这真实吗?就算是真实的,也并不能博得他对他的同情与谅解。不论怎么说,一个土改工作队长在自己工作的村子里与一个地主的儿媳偷欢，这是革命纪律所不容许的，他没有权利为自己的丑事辩解。至于小婉，她已经疯了，荣辱存亡对她已经失去了意义。

但是，这位前任的到来真的会给小婉带来转机？会使她恢复神志？他想，如果有一线希望，也应该让他试一试，就像李朵使用桃花那样试一试。

易远方站起身来。

来到街上，月亮已升中天，照得屋顶和街面像落了一层雪霜，给春夜更添几分料峭。易远方不由得打个寒噤。这时他才意识到自己的行为有些荒唐，带一个蜕化堕落者去寻找他的相好，而且在深夜，传播出去，满身长嘴也说不清楚。他想，若与席立江商量一下，自己可减小些干系。但席立江是绝不会同意的。前任的事情就是他报告上去的，至今对他仍耿耿于怀，他不会成全他。不会！易远方迷惘地望着街中那棵庞大的白果树，月光在树冠上像开出白花。那天早晨，他就是在这树下见到小婉的，那情景他难以忘怀。

易远方带他终于来到小婉住的草房前。

开门的是赵杨氏。当她看清门外的两个人，吓得浑身直抖，听到易远方的询问，好容易才说清楚小婉不在家。

易远方又带他向村东李朵的住处走去。

小婉果然在这里。

为慎重起见，易远方先把李朵叫到屋外，向她介绍了这位前任并说明来意。她回村晚，并没见过这位前任工作队长，但知道他那不良的名声。她久久地盯着他，月光映着他惨白的脸。

进到屋里,小婉盘腿坐在炕上,很安静,但一见到来人就立刻亢奋起来,双膝跪起,嘻嘻笑个不停。易远方和李朵留在门口,让卜正举一人向她走近。他走到炕前,向小婉凄声呼叫:"小婉,你怎么啦,怎么啦!"小婉看看他,并无异常反应,依旧嘻嘻笑个不止,从炕上的小筐里抓起一把桃花向他头上撒去,嘴里嚷:"真好看,真好看!"他扑向炕前,向小婉仰着脸:"小婉,你看我是谁?我是喜来呀,我是卜队长呀!"小婉还是不停地笑,又向他头上撒去一把桃花:"噢,真好看,真好看……"他忽然捂脸哭了,但他又赶紧止住。他把身体使劲向小婉探过去,张开双臂,迸着哭声喊道:"小婉,跟我走,跟我走,我是喜来呀,大名卜正举,小名喜来子,我告诉你的呀,你怎么不认我啦?小婉……"小婉无动于衷,笑得更癫狂了,不停地把桃花撒出去,边撒边嚷:"噢,真好看,真好看……"

卜正举落满桃花的身体僵住了,眼珠恐怖地凝固着。

他终于没能成功,没有把小婉唤醒,也不能把她带走。可是他决定留下来。他要继续帮助小婉回忆,直到能把她带走为止。

八

形势突然紧张起来,从青岛方向传来的炮声明显密集,闷雷似的衔接得没有间隙,在夜晚听来就像响彻在昆洛山。上级如此通报:青岛守敌企图向外蚕食扩展,东占崂山北占锯山以构成固守之屏障。与敌大规模军事行动的同时,还乡团又加紧活动，莱西县又连续发生几起血案。李家庄所处昆洛山以北地面尚算平稳，昆洛山是一道天然屏障，又有重兵把守，敌正规军与别动队都难以插足。上级下达指示，从山后各村抽调民兵支援西线的斗争，李家庄去了17名。

易远方亲自将这17名出征民兵送到区上。在区上开了几天会，他又单独将李家庄挖浮财斗争的情况向区委做了汇报。回村后席立江和李茂生向他汇报了两件事：用挖得李金鞭的银元买来的一批牲口已拉进村，等待分配；民兵队长李恩宽告发了李朵，说李朵企图勾引他下水，条件是不再开她的斗争会。席立江又补充说村里的妇女会正准备开李朵的斗争大会。这消息使易远方感到惊讶，他不相信李朵会勾引李恩宽，他的直觉告诉他不可能发生这种事。他问席立江："审讯过李朵了吗？"席立江说："审讯过，可她一句话不说，怎么问都不回答，不开口就是认了，错不了。前有车后有辙，这一招是地主狗女人的拿手戏。"第二个小婉！易远方心里想。他又问什么时候开斗争大会，席立江说本来准备明天，可今天殿后村来人把她抓走了。接着李茂生又讲了事情的来龙去脉：殿后村位于昆洛山下，村后那片山峦本是李裕川的，土改之前村里的十几户人家都是李裕川的佃户，李裕川要他们每年给他提供相当数量的山货及柴草，做为山峦的地租。剥削程度很重，土改划定成分村里竟无一户够得上中农。他们说叫李裕川剥削得这么惨，光分了山峦还不行，得叫他交出浮财。可来村后听说李裕川跑了，他老婆死了，就把李朵抓去了，说什么时候交出浮财什么时候放人。易远方听了后问道："为什么不阻拦住呢？李朵不是斗争对象，这一点我们是清楚的，上次斗争会她提出代替她母亲，我们并没有同意。"席立江说："可她在斗争会上打了村干部，性质就变了，何况后来又发展到腐蚀拉拢干部。"易远方不再说什么了，他决定立刻赶到殿后村，把李朵要回来，否则李朵将凶多吉少。他让小贾在刚买来的牲口中挑一匹可骑的马，小贾在部队给首长当通讯员，善骑又懂马性，很快便牵来一匹光泽可人的枣红马，又找到一副鞍鞯，披挂起来。易远方匆匆上路了。

枣红马沿着胭脂河奔跑。时近中午，直射的阳光把河水照得耀眼，河滩上的砂砾、堤上杨树新绽的叶片都闪闪发亮。放眼望，前方那座威武大山依然保持着沉郁古板的黛黑色，只是在它与天空连接处才镶有一道亮边儿，这亮线其实便是昆洛山前后两县份虚幻的分界线。

易远方取道的是一条捷径，河流穿越大地总是寻找捷径。他没进过昆洛山，他知道沿河而上，用不了两个钟头便可到达山脚下。到达那个贫困的全村无一例外都是佃户的殿后村。愈是贫穷的地方，阶级的压迫便愈是严酷，阶级的对立亦愈为尖锐。这是生活的常识。易远方对即将要与之打交道的殿后村贫苦农民，内心充满着深深的同情。仅仅从他们的境况而论，中国目前正进行着的这场大革命便是得道天助，人心所向的。它的宗旨就从总体上决定了这一事业的属性。殿后村的佃农们要他们的东家偿还其罪恶所得，无疑是正当合乎情理的。然而采取抓走一个女孩子做人质的方式又变得不那么合乎情理了。他想，人世万事大概都是在合情理与不合情理间徜徉吧？人人有自己的生活目的，崇高的或者不崇高的，然而人们在实现崇高目的时却理应按照崇高的方式行事，这一点似乎不应怀疑。从哲学角度看来，表现事物属性的不仅仅是意旨与结果，更包括过程，实现的过程，任何结果都是过程的产物。过程自始至终放射着光彩：红、黄、黑或白，而这些色调又会像基因般深深地沉淀于果实之中，久远地遗传着果实的品质。易远方近来常常进行这种"哲人"式思索，而结果又常常使他陷入更深的迷茫中。

快马加鞭，昆洛山愈见其庞大狰狞了，像铺天盖地的乌云迎面追压过来。那浓重的色彩使人感到寒气习习，听得见呼啸。易远方看见两道山梁在山脚的交叠处卧着一个鸦窝似的小村，那便是殿后村。他没料到，他竟然在他们到达之前追上了殿后村的人，一伙从背影便见其贫穷可怜的人行进在堤上的窄路上，像一团活动的土堆。李朵的学生旗袍像一朵小花开在土堆间。

易远方策马从堤下追过人群，然后又掉转马头登上堤坝，翻身下马，立在窄窄的路间。

殿后村的人仍然大摇大摆地往前走，直到走在易远方咫尺之前才站住，一双双眼睛奇怪地打量着他。这时李朵也看见了他，同样面呈惊讶。

"喂，乡亲们，"易远方和气地打招呼，"辛苦啦！"

"队伍上的同志，到哪儿去呀？"前面一个戴旧毡帽的中年汉子问道。易远方的灰布军衣虽然没缀红领章，但那汉子一眼便看出他是队伍上的人，他认为这个队伍上的人要打听路径。

"就到你们村呀。"易远方说。

"到俺们村？"汉子及另外的人一齐问道。

"我是李家庄土改工作队队长,我姓易。"易远方先自报家门。

众人闻言又一齐把眼光转向人中间一个留稀疏山羊胡的小老头,易远方猜出这个神情异于众人的干巴老头是这伙人里拿章程的角色。他手提一根光滑的木棍,看他的相貌和手里的棍子,易远方不由联想到小时候在天成戏院看的那出《苏三起解》里的崇公道,他仍还记得崇公道那两句怪调怪腔的戏文:公道不公道,只有天知道。易远方又忽然觉得此时此刻的李朵也颇有点苏三的意味了。他发现这位"崇公道"定定地审视着他,带着威严、戒备的神情。也许他意识到这位工作队长笑脸上有点居心不良的意思。

"我是村贫协主席,姓杜,杜主席。"他告诉易远方自己的身份后又问,"我在李家庄可没见到你咧!"

易远方说:"是这么回事,我在区里开会,刚刚回来。"

杜主席转向李朵问道:"他是你们村的工作队长吗?"问后又严厉地补充一句,"老实交代!"

李朵说是。

杜主席又问易远方:"李村长说没挖到李裕川的浮财,是真格的吗?"

易远方回答:"李裕川在土改初期逃跑了,他老婆死了,目前我们还不知浮财的下落。"

"噢,"杜主席似乎松了口气,又说,"易同志不是本地人吧?你不知底细,俺们都是她(指指李朵)家的佃户,给她家当了几十年牛马,被剥削得透苦,这遭俺们不客气了!"

易远方点点头,说:"李村长给我介绍过这情况了,我认为你们的要求是合理的,李裕川的财产中应该有你们的一份……"

"这话说得是,"杜主席说,"所以俺们就把他闺女带来了,向她要狗日的浮财!"

易远方说:"可是我们追问过李朵,她并不知道浮财的下落……"

中年汉子打断说:"她咋能不知道?谁信她的鬼话!地主都是属锣鼓的,不敲打不响。同志你放心,俺们有办法叫她讲出来,不讲就豁了她的小×。"

"干嘛要豁那玩意儿?真是有妻的不知光棍苦……"一个耳旁长块亮疤的汉子说。

易远方心里发抖,可他还努力压抑住,他再次申明说:"据我们所知,她确实不清楚浮财的下落,她在城里念书,回村还不到一个月,那时她父亲已经逃跑了……"

杜主席哼了声,道:"易同志说明白吧,你追赶来是不是叫俺放了这地主闺女,嗯?"

易远方耐心解释说:"我追赶来是要向乡亲们说明情况,同时讲明政策。从前地主老财压迫我们,欠我们的债,这笔债一定要清算。但是,我们一定要按政策办事,不能胡来。李裕川是地主分子,李朵是子女,不是斗争对象,所以把她抓走是不允许的!"

"不允许?俺们贫雇农办事谁敢不允许?胆子不小!"又是有亮疤的汉子说。

"咱们走,管他队长不队长!"

"这队长不地道,没准是个解放兵。"

"咱爷们走！"

趁众人杂乱议论间易远方向李朵投去一瞥，她的脸白得使人感到她身上已没有血液在流动。她默默地看着听着面前的一切，神情中透出置身度外的超然。易远方忽然意识到自己追来的一念，竟又是系着一条性命，他感到后怕又感到庆幸。这时候殿后村的人已开始向前走动，他知道这些人只要从他身旁越过，他就再也无法阻挡了。他紧紧抓住马缰，把马横在路口，大喊一声："等一等，再听我一句话！"殿后村的人被这声大喊止住步，又一齐向他们的首领杜主席望去。易远方也把目光盯着杜主席，严厉地说："你们村没有地主富农，所以没派工作队去，但你们都是李裕川的佃户，做为李家庄工作队队长，我有权利过问你们的事情。如果你们不听劝告，一定要把人带走，那么以后就是找到了李裕川的浮财，我也不会同意给你们半点儿。李裕川不会把钱财埋在你们村前的峦子里，这你们会很清楚！"

杜主席和众人翻眼望着他，这番话显然起了作用。确实，李裕川的浮财只能是埋藏在李家庄，没有李家庄的认可，势单力薄的殿后村人是取不走一个铜板的。

"那你说咋办吧？"杜主席态度软了下来。

"把人放了。"

"放了再咋办？"

"以后挖出浮财，我派人来通知你们。"

"这么的你得留下字据来。"杜主席想想说。

"字据？什么字据？"易远方不解。

"写明以后挖了浮财有俺殿后村的份，李家庄不能吃独的。不留字据，空口无凭，俺们心里不实落。"

易远方明白他的意思了，不由觉得可笑。但他知道，杜主席的要求反映了一般农民的习惯心理，有了白纸黑字心里才踏实。问题是由他——一个土改工作队队长——来出具这样的字据，而且明显带有取保性质的字据，却是不适当的。

"如果不留字据，俺们是万万不放人的！"杜主席重申立场，"俺手里有人做抵押，到时候总会有人拿钱来赎的。"

"还乡团可不会拿钱来赎的。"易远方心想，没说出口。

"好吧，"易远方同意照此办理。他从袋里掏出笔记本，撕下一张，又掏出钢笔在纸上写了一行字，签上自己的名字，然后递给了杜主席。

"手印，你还没按手印！"杜主席不肯接。

"我签了名字。"

"那不行，得按手印才行。"

"我可没印泥呀！"

"我有，我带着。"杜主席说着从腰间解下一个十分鲜艳的绣荷包，从里面倒出一颗圆图章和一盒印泥。

易远方按了手印。

"行了行了，"杜主席接过字据仔细叠好，揣进怀里，"把人交给你了。"

易远方点点头，把马往堤边拉拉，让出路径。这时他又想到《苏三起解》中的崇公道。公道不公道，只有天知道。他觉得这个"杜公道"还算是有些公道吧，否则事情会不堪设想。

"前面不远是庄子，易队长不进庄喝点水？咱夼里的水甜地。"杜主席说。

"谢谢,我不渴。"他把马又往堤下拉拉,他心里希望他们快走,怕再生出变故。

这支衣衫褴褛的队伍从他和马的旁边走过去,耳边有亮疤的汉子又回头看看,一副甚不情愿的神情。

堤上只剩下孤零零的李朵。

易远方又把马拉上堤顶。这时太阳已靠近山顶,山的巨大阴影如同一排黑潮向原野奔涌而去,似乎能听到它淹没明亮大地时的咆哮声,给人一种恐怖感。

"咱们走吧。"他对李朵说。

李朵看了他一眼,没说什么。她慢慢走到一棵树下,把身体倚在树干上,眼怔怔地望着河中的水流。胭脂河上游并不宽阔,水流被山影覆盖住,显得很黑,很阴冷。

"你累了,骑到马上来吧。"他说,把马向树下拉过去。

"我不会骑马。"

"你骑上,我牵着。"

"不,你走吧,易队长,我谢谢你,从心里谢谢你。"李朵声音有些发抖。她看了易远方一眼,又转向河面去。

易远方着急地望望已靠近山顶的夕阳,又说:"山里黑天早,咱们还是走吧,早些回家。"

"回家?"

"是啊,回李家庄。"

"那里只有妈妈的坟墓。"李朵自语地说。

易远方打个寒战。

沉默,听得见河床里的水声。

"你应该离开村子,李朵。"易远方直直盯着李朵,声音坚决,"你走吧,早点离开吧!"

"我是得走了,易队长。"李朵说,忽然她的神色变得异样起来,转目紧紧地盯着易远方。

"你也走吧,易队长。"李朵说,目光带着乞求,"你回部队去吧,回去吧……"

易远方摇摇头:"我怎么可以走呢?我是个革命者,李家庄是我的岗位,我不能擅离职守呵!"

"不,你走吧,你走吧!"李朵再次要求。

"为什么呢?"易远方不解地看着她。

李朵不吱声了,紧紧地咬着嘴唇。

"哦,李朵,我忽然想到,你可以去参军呀。"易远方兴奋地说,"你可以到部队去,这是一条最好的出路。"

李朵无动于衷地又把目光投向河水,不吱声。

"我可以给你写封介绍信,我所在的部队在青岛外围,按番号找得到,他们一定会收下你的。"

"我不去。"

"为什么呢?"

"……"

"你不是说在学校时就向往革命军队吗?"

"那时,是这样。"

易远方默然不语了。

山的阴影愈来愈浓重了,夕阳刚刚沉下去。向北方望去,那平展的地平线还铺满着橘红色的光芒。山雀在空中啾啁着,急速地返回栖身的山林,飞得高的,羽毛上还染着灿烂的阳光。

"我们走吧。"易远方催促着,"要是走得快,还能够看见今天的太阳。"

"今天的太阳?"李朵凄然一笑。

易远方看见她眼里满含两泓泪水。

"易队长,我想向你问一个问题,行吗?"李朵声音颤抖地说下去,"我不是把你当着一个工作队长,而是当着一个高年级同学……"

"是的,我也是这种感觉,我们可以随便谈,就像同学之间那样。"易远方诚恳地说。

"你说,什么叫革命呢?"

"革命?"易远方惊诧地望着她。

"以前,我曾以革命者自居过,那时倒不在意这个字眼本身的意义,可现在当我清楚自己不会再走这条路时,我倒很想把它弄清楚……"

"我们走吧,李朵。"易远方没有回答她,只是再次催促着上路,因为时候确实不早了,连地平线那道光亮也渐渐开始暗淡。

九

不知从什么时候起,李家庄被一种愈来愈浓的神秘怪异的气氛笼罩着。以至使人感到村子像一只大船漂离了人们世代生活着的一角世界,而到底已经漂到什么地方以至还将漂到什么地方都让人无从知晓。由于使用了桃枝和纸钱,有效地阻拦住李金鞭等人的鬼魂,使其不得再来,可别的让人心神不定的怪事又一件件接踵而至。头一件还得从使用李金鞭交出的首饰、银元买来的牲口说起。在分配这些牲口时,全村大人孩子都发现有一匹大青马与李金鞭有着惊人的相像。有人说不仅大青马的面相、眼睛、肤色,甚至它的喘息、咳嗽、喷嚏都酷似李金鞭。李金鞭平日好唱几口京戏,有人从大青马的嘶鸣声中竟听出京戏的音韵。这就又使人推测到它的暴烈的性情、凶狠劲儿也一准与李金鞭无二,因此叫人在心里老大的不舒畅。分配时没人愿意把它牵走,大家远远地站着,用当初瞄着会场上只穿条裤子的李金鞭的眼光瞄着这个不祥之物。直到场地上连条瘦小的毛驴都不剩时,这个体魄雄健的家伙仍无人问津,悠然自得地甩着长尾驱赶蝇虫。看看太阳渐渐西下,有人提议说不妨叫李金鞭的老婆牵回去罢,他们毕竟是两口子,看夫妻情分这牲畜也不至于把她怎么的。可又有人觉得这么未免太便宜了那个地主婆。正争执时李恩宽大摇大摆向大青马走去,嘴里念咕着:"看样儿这狗日的还得交我啦。"说着伸手去解系在桩上的马缰,谁料到没等手碰马缰大青马就脾气大作,长嘶一声,蹬起前蹄向李恩宽扑去,又踢又咬,李恩宽急速后退才得以脱身。他瞅了大青马一眼,说了句:"看把你娘能的。"就扭身走了。众人惊骇不已,更加确信连李恩宽都对它无可奈何,别人就更不用异想天开了。因此宁可拉犁耕地也不能指望这畜生帮忙了。可没过多久大伙又见李恩宽转回,这番他一改装束,穿上了他的那件花花达达的工作服,手握棒子,一路走还一路念叨着:"看把你娘能的!"不紧不慢朝大青马走过去。一会儿,众人惊奇地眼睁睁看着大青马蔫下去了,像酥软了的骨头,一摊泥似的趴在了地上,灰眼睛怕冷般使劲向脑壳里缩进去。李恩宽见状倒抿嘴笑了，骂了句："我日你奶奶的，本事哪去啦？"出人意外的是他竟没揍它，只是把棒子在马头前晃了几晃，然后向地上一戳，坚硬的地上立时出现一个足有半尺深的洞眼。后来他就把棒子夹在腋下，解开马缰绳，大青马乖乖跟他走了。人们看得目瞪口呆。有人说李恩宽真是名不虚传，又有人说这民兵队长得永远叫他当下去，有他就能镇妖压怪，叫世事太平。然而事情并没由此了结，后来大伙又见到这种情景：大青马并不完全驯服，只要李恩宽穿平常衣裳，不携棍棒，它就出其不意地向他进攻，凶狠异常，害得李恩宽只要使唤它干活就得更衣携棒，连黑下去栏里喂草料也不能例外。这就使李恩宽深感麻烦。

再一件奇怪事更牵连着家家户户。几乎在同一个早上，村里人的肠胃普遍坏了起来，大人孩子一齐腹疼拉稀，一家人不断为争抢茅坑发生口角，后来也就不再顾及脸面，茅坑之外的地方也使用起来。天气渐渐炎热，村子上空就经常挥发着一股不洁的气味。追查原因，人们一致怀疑是地富分子往水井里投了毒药。这种怀疑不能说没有根据，不过数算起来，村中剩下的地富已为数不多，只有孙永安两口子及李金鞭的老婆。然而，带出来盘问半天也没问出破绽，只得放回。接着又有人怀疑是何桔枝死在井里没打捞出来，尸体腐烂后污染了水源。但这种说法又似乎根据不足，因为那口井隔村子很远，更不会有人从那井里挑水吃。可那人证实说地下水本是相通着的，就像地上的路径。他还详细讲述了他曾做过的一个实验：把一只做了记号的青蛙从一口井里放下去，几天后又见它从另一口井里浮出来。既然证据是这样充足有力，就不由人们不肯相信了。

于是当即决定去打捞尸体。队伍浩浩荡荡向村东走去，这情景会使人回忆到押解何桔枝去挖找浮财的那很热闹的一天。很快来到那口井所在的地里时，所有人都惊恐失色了，地里的井不见了，却多出一丘新坟。再仔细一看，坟前还烧了纸钱，风刮过来，纸灰围着坟堆团团打转，看了叫人毛骨悚然。井到哪里去了？坟又从何处而来？都是让人百思不解的谜。

整个村子陷入一种惶惶不安的气氛中，人们除了白天下地干活，对其他事都懈怠起来。妇女会没再提斗争李朵，贫农会也没再提斗争孙永安。易远方和他的工作队员抓紧做两件事：一是派人去镇上买来医治肠胃病的药物，挨家挨户分送；再就是继续发动生产高潮，工作队以身作则，每日早出晚归。

然而易远方却时时感到一种巨大的恐惧向他袭来，似乎就要大祸临头了。他并不迷神，只是弄不清当一件重大事情降临之前会不会首先给人以预感，迷惘中他感到一场灾难正悄然迫近。

这预感很快便被证实。

十

这天从地里回来比平常晚，吃过派饭，村子已完全隐没于夜色中。易远方拖着疲惫的双腿向李家祠堂走去，今晚没安排会议，看会儿书就可以早睡。贫穷的农村没有夜生活，黑天不久街上便沉寂无声，不见人影，只有断续升起的牲口叫声才使人想到这里还有生命存在。易远方缓缓走在空荡荡的村街上，到街中心白果树下时，突然有个人影从树后闪出，拦在他面前，吓了他一跳，但他立刻辨认出是李朵。没等他说话李朵便急促地对他说："易队长，跟我来！"说完转身便走。他心想一定出了什么事情，跟在李朵后面，边走边猜测着。他首先想到李恩宽身上，是不是又遭到他的纠缠？那天从殿后村回来的路上他向李朵询问了李恩宽告发她的那件事，他这才知道是李恩宽在深夜拨开李朵草房的门。那时李朵已躺下，却没睡，在灯下看书，门开后见李恩宽撞了进来，吓得她张嘴叫不出声来。李恩宽向炕上扑来，后来却突然停住，盯着李朵"扑通"跪在了地上，哀告求欢。这时李朵方清醒过来，跳下炕逃出门去，呼叫不停。当巡夜民兵闻声赶来时李恩宽也出了屋子，就说了那番李朵勾引他的话。他问李朵为什么在询问时闭口不言，她说讲出事实真相也没人相信她，谁会相信鬼神也畏的李恩宽会给一个地主闺女下跪？再说人们并不需要她的真话，而需要她的罪恶。他听了她的话后没再多说什么。他一直想找李恩宽谈谈，希望他能讲出真相，撤回诬告，为李朵挽回名声，但他没找到谈话的合适时机。莫非现在又生出事端？这时李朵已带他走出村子，又继续向河堤走去，一直走到堤下的一座小林子里，他疑惑不定地跟着进去，这时李朵转身定定地看着他。村外星光明亮些了，李朵的两眼在暗中闪亮，他看到她双肩微微发着抖。他赶紧问道："李朵，出了什么事情？"这时李朵方开口，说："易队长，我有重要事情告诉你！"她的声音同样抖。"什么事？你快说。""不，我不能马上告诉你。""为什么？""因为事情太重大，我不能随便说出来，你必须答应我一个条件，我才能告诉你。""条件？什么条件？""我把事情告诉你，你得按我的意见做，一定要按我的意见做！"他更感狐疑了，问："你的意见是什么呢？""这我现在还不能说，在你答应了我的条件之后才能说。"他不由感到为难，他还不知道要有什么样的事情发生，又怎能答应按她的意见去做呢？他想了想问："李朵，你要说的这件事很严重吗？能告诉我吗？""很严重，"李朵说，"这关系到许多人的生命，而我说出来又关系到另一些人的生命，这些天我非常矛盾，不知该怎么做……"李朵忽然捂着脸抽泣起来，但很快又止住，说下去，"可我最后还是决定告诉你，只求你答应我的条件……"易远方的心一阵一阵地收缩，充满了恐惧，他几乎已经意识到预感中的那场灾难来到了，尽管还不清晰，但是已来到眼前了。他压抑着心中的激动，对又开始轻轻抽泣的李朵说："别哭，我对你说，只要能使村里的群众不遭杀害，我答应你的条件！""你保证？"李朵抬眼直直地盯着他。"我保证，绝不欺骗你！"他说，"你快告诉我究竟出了什么事？"

"我爸爸和福良叔带兵回来了……"

"什么时候？"他的头一炸，尽管有思想准备，这消息仍使他胆战心惊。

"就在今晚上。"

"他们现在在哪儿？"

"海上。"

"海上？！"易远方倒抽一口冷气，打个哆嗦。

"爸爸他们从青岛坐汽艇来，半夜在栗子湾登陆。"

栗子湾是离村最近的海边儿，那个天然的小港湾风平浪静，适合船只停靠，匪徒从那里登陆后只需一个钟头就能扑进村子。与一个月前该死的黄大麻子奔赴小黄庄杀场相比,路程近在咫尺,何况谁也不曾想到会有匪徒渡海过来。吕福良逃跑后,大家曾猜想到他会去青岛找李裕川,也想到李裕川听到他报告的情况后会充满仇恨,但没料到他会带还乡团回来。因为他无法越过昆洛山,而从北面绕又需几天时间,难以成功。然而他们忘记了那辽阔无边的大海,忘记了还有一条可怕的海路……

易远方无限后怕地感到李朵带给他的消息是何等的惊心动魄。它将使李家庄免却一场残酷的血洗,包括他自己的生命。

他控制住自己的情绪,又问李朵:"你,是怎么知道这消息的?是谁告诉你的?"

"福良叔……"

"吕福良?!"他大吃一惊,"他……"

"他先是带着小灯逃到青岛,把小灯寄养在恤养院里,又去找到我爸爸,爸爸听了妈妈和我的情况,就决定带人回来,他要来把我接走。福良叔先搭一条渔船回来,等着接应爸爸的队伍。那天晚上,福良叔偷偷找到了我,叫我做好准备跟爸爸走。我问他队伍来了杀不杀人,他光笑不说话。我心里害怕,又对他说不要叫队伍杀人放火,他不叫我管这些事,只叫我别走了风声。我知道事关重大,一旦走了消息,爸爸和福良叔他们全都性命难保……"

"吕福良进村找你是哪一天呢?"他问。

"就是殿后村的人抓我去的头天晚上。"

"哦,"他突然想到那天李朵劝他离开李家庄回部队的那些话来。当时他大惑不解,原来那时她已得知了还乡团要来的消息，显然她希望自己离村免却这场灾祸。后来她就把这消息一直装在心里，直到今天终于告诉了他。此时，他心里充满着一种巨大而深沉的感激之情，他又知道这种感激是无法对李朵言喻的。

"李朵，时间紧迫，不能再耽搁，你告诉我，要我答应你的条件是什么？你说吧。"

李朵稍稍一停顿，然后说下去："你们赶紧撤出村子，隐蔽起来，让爸爸的队伍扑个空，找不到人就知道有变，会立即向海边撤退。当然你们不要开火，放我们走，让爸爸带我平安返回青岛……"

易远方久久没有出声。

"易队长，你——"李朵惊愕地看着他，声音又厉害地颤抖着，她也许意识到事情变得严峻，"你，你答应过我的呀！我的要求不合理吗？我不希望村里人被杀害，也不希望爸爸他们被杀害，你说这不合理吗？你说呀！"

易队长依旧没吱声，两眼定定地望着漆黑的原野。磨声似的炮响隐隐在神秘的黑暗中滚动。

李朵绝望地带着哭声："易队长，你……"

"我答应你，李朵，我答应你的要求，"易远方深沉地说，"请你放心，我不会违背我的诺言，不会……"他没再说下去，只觉胸中有一团火在烧，火不停地向喉咙蹿跳。

"谢谢你！"李朵声音哽咽，"我知道你会答应的，你知道吗，因为你，才使我做出这样选择的。易队长，我……信任你……"她又开始抽泣起来。

易远方没说什么，黑暗中他抓住李朵的手，紧紧握住，说道:"再见吧,李朵,到了青岛,把这里的事情忘掉吧,人需要忘记些什么,你说是吗?"

"嗯。"李朵低声啜泣着,"我一定记住你的话,易队长……"

易远方猛地松开她的手,转身向村子狂奔起来,他知道,剩下的时间不多,需一分一秒来使用……

十一

十点钟村子已成空村。一阵人喊畜叫的骚乱过后,村子又复于平静。这是李家庄旷古未有的大撤退,大迁徙。上岁数的人还记得清末年间的那场大水灾:洪水退后腐尸遍野,百里不毛,村人携儿拖女闯关东山福地,然而,走有走者,留有留者,过些时候又是个好端端的李家庄;抗战时候也一度撤退过,那是跑东洋小鬼,不过跑的多是干部、抗属、民兵和年轻女人,一般群众百姓好像自知性命不值什么,敢站在街上瞪眼看怪物似的看日本兵,听日本兵叽里咕噜说话……易远方带领所能凑集起来的全部武装埋伏在村东通往海边的路途中,这条路在离村三里处向北拐向胭脂河,傍河稍一逗留,又向海边去,于是长满高高白杨和矮矮柳棵的河堤便成了天然埋伏地。队伍隐蔽在连绵的柳丛间,岗哨爬上一棵白杨树,紧盯海边方向。

按照部署:席立江、王留花和申富贵带领群众躲藏在村南的一座林子里,这座叫着鸦雀窝的林子无论从位置还是地形都是块安全之地。如果不是李裕川把他的金银财宝埋在这里,他是绝不会钻到这儿来的。席立江和两位村干部的任务是确保群众的安全,使群众保持肃静,不得走动和出声,直到来人通知他们回村为止。工作队员陈努力和卜正举负责看管村里的地富及他们的子女,他们的位置在村西的一条狭沟里。卜正举一直留在村子里,承受着村人的白眼和冷言冷语,他住在村头的一间碾房里,其状十分凄凉。易远方曾去看望过他,劝他早回家乡,但他执意不肯。他不遗余力地寻找与小婉接近的机会,谋求把她的神志唤醒。村子撤退时易远方派人通知他与群众一起撤离,他听到消息后立刻找到易远方要求参加战斗,说他对党有愧,要在对敌斗争中立功赎罪,洗刷自己。易远方见他态度诚恳,就满足了他的愿望,只是让他担当看管任务,因为小婉也在其中,他也就应允去了。再就是派李恩宽骑马去邻村通报情况,到区里报告已来不及,接受小黄庄的教训,防备匪徒扑空后再杀向别村。李恩宽开始不愿接受这个任务,说要留下亲手杀了他的东家。但他的大青马别人无法驾驭,他终于还是去了。

一切都静静的,易远方卧在埋伏队伍的右翼,藏身于两丛带苦味清香的柳树间。他的左侧依次埋伏着李茂生、贾金余、袁升火及另外七八名民兵,这就是他的全部兵力。当然,对于完成他的承诺范围内的任务,这些兵力也足够用了。事实上在他向李朵许下承诺时也考虑到这一点,他的现有兵力无法对匪徒开展一场歼灭战。夜已不那么寒冷了,毕竟到了季节。只是天黑得厉害,从树林望出去到处都黑黢黢一片。他记得可怖的小黄庄惨案就发生在这样一个漆黑的夜晚,他们穿越烟潍公路时月亮从东方升起。月亮并没给人带来吉祥,李区长以身谢罪，那圆睁不闭的双目就像怒视着河滩上空那杀人尖刀似的月亮。那情景至今让他惊心。而现在，他静卧在苦涩的河堤上，他难料后果是凶还是吉。在行动前的紧急干部会上，他给大家讲了敌情，却没讲情报来源，更没讲李朵的交换条件和他已做出的承诺。他只是对李茂生一人讲过敌情是李朵提供的，别的没讲出来，也许他应该讲出来，却终于没有讲出。那是一种他自己都理不清的思绪。会上他极力强调了在敌众我寡的情况下，行动的最高准则是保证群众的生命安全，而不是与敌人拼杀，争个你死我活。他又再三申明纪律：没有他的命令任何人不得擅自行动，违者严惩不贷。他知道严明的纪律会保证实现他做出的承诺。他始终凝望着大海的方向，尽管什么也看不见，仍渐渐感到空气中加重了水气，而水气又增加了夜的寒冷。他准备履行自己的承诺，尽管是十分痛苦的承诺。他听到身后河床里潺潺的水声，水声与昼夜不息的炮声掺揉一起，宛如大海的涛声。这里离海七八里距离，静夜里能够听到真正的涛声。此刻李裕川的汽艇已靠上栗子湾了吧？他想，或许已向这边奔来。可是他还得把这些人原路放回去，不加任何阻拦地放回去，真有点古怪，可他得这么做。不应该欺骗李朵，她使李家庄的人包括他们工作队免遭杀身之祸。他得让她跟李裕川平安返回青岛。他现在最担心的是席立江那里，全村四五百口挤在一起，难免生事端——席立江遇事急躁，缺少应变能力。还有古怪的申富贵，这人真叫他琢磨不透，他想不出到了紧要关头他会不会再现富农面孔。他后悔没派李茂生过去。他不由侧身向鸦雀窝方向瞭望，夜色漫漫，连那座威武的昆洛山也没了踪影。忽而从村里传来几声驴叫，驴叫又引出马、牛呼应。

牲口留在村里，也似乎感到不安。

这时他察觉到有人向他爬过来，从左侧的树丛里。他不看便知是李茂生，那瘦长的身子像一条柔软的蛇贴着堤坡滑了过来，一直滑到他的身旁。

"李裕川像出殡！"李茂生压低声音说。

他没吱声。

"快半夜了吧，易队长？"

"嗯。"他看看夜光表。

"操他妈，穷磨蹭！"

"陆地上没风，海里就有风。"

"不是说他们坐汽艇吗？"

"小汽艇也经不住风，再说离岸很远就得关机器，靠着潮水往岸上漂。"

"情报对头吗？"

"嗯。"

"我老担心，李朵把消息告诉了我们，可她又不见了，会不会……"李茂生没说下去，可意思很明白。撤退时民兵没有找到李朵，这引起大家的不安，但易远方知道她已藏匿，等待她的父亲。

"她不会欺骗我们。"他安慰李茂生，"她如欺骗我们，倒不如不告诉我们。"

"是这样，"李茂生赞同，却接着又提出疑问，"可她为啥要告诉我们？使人想不通，这等于杀死她父亲，她为啥要加害她父亲？"

易远方没吱声，他无法回答，不说出事情真相就无法回答。他忽然觉得不妨把真相告诉李茂生,他是个通情达理的人,告诉他或许对自己有帮助,是的,应该告诉他。

他向李茂生身边挪了挪。

然而没等他开口,便听到一阵哗哗啦啦的声音,像急促的降雨声——这是岗哨发现敌人的信号。易远方和李茂生浑身一震,埋伏在堤后的所有人也一齐紧张起来。

树枝停止摇晃。夜死去一般。

开始并没见到什么,黑幕还是黑幕,星光还是星光。稍停,便听到传来一种声音,这声音似乎响在天空,开始像一头老牛在缓缓耕地,均匀的沙沙声时而夹杂短促的喀喀声,如同行进的犁头不时切断几条芦根。声音迅速急促、加重,又犹如无数匹驴马在啃嚼草料。随之,匪徒穿过夜幕在堤前道路上出现,像一堵黑浪迎面扑来。易远方屏住呼吸,感到周身如同被寒流紧裹,又如同被烈火灼烧。辛苦庄、黑夜、沟壕、匪徒,眼前完全是那时情景的再现。他紧紧咬着牙齿。这时"黑浪"碰到了河堤,没有越过,擦堤向南拐了过去,很快消失在黑夜中,整条河堤冻结了,寂无声息。

不知过了多久,从村子方向传来牲口、家禽狂乱的嘶叫声,敌人进村了,开始了既定的大搜捕。

正这时,黑暗的旷野深处传来一声女人的尖叫,一声,又是一声,声音遥远、模糊不清,但此时此刻却是那么刺耳,让人心惊肉跳。糟糕!易远方几乎叫出声来。

"是小婉。这该死的!"李茂生咬牙切齿地低骂。他躬着身子,双手深深地插进地面,紧紧抓着,好像抓的是小婉的喉头。

叫声却停止了。

人们透出一口气,却惊魂未定。

易远方辨别出刚才的叫声来自村子的西方,那里正是陈努力和卜正举看管危险人物的地方。为什么敌人刚刚进村小婉就发了疯劲?究竟出现了什么事情?村里的敌人是否听见?易远方心里忐忑不安。

小婉的叫声没再出现。

这时半轮月亮终于升出来,照得原野现出层次依稀的轮廓。南面的昆洛山归位了,像一只伸向空中的巨掌。

易远方和李茂生定定地凝望着村子,村子在月光下浮现出来,只是很模糊,没有光泽。估计匪徒不会在村里呆久,他们会很快撤向海边。堤上的人静静地等待着。

"我们不应放李裕川进村!"沉寂中李茂生突然这么说,"应该在这里截击!"

易远方没回答。他知道李茂生说得很对,不仅应该在这里截击,还应该派人潜入海湾炸船,炸了敌船便一了百了。然而这却不是他希望得到的结局,他要把李朵送上那条船。他又想利用此时的间隙把事情的始末告诉这位村长。他的承诺是一种道义,更是一种痛苦——铭心刻骨的痛苦。他希望李茂生能帮他分担,虽然他们相处才一个多月,却建立起相互的信任和友谊。他要告诉李茂生。他却没有能够,因为听到一阵清脆的马蹄声。马蹄声使堤上的人又一阵心紧,又听到蹄声间杂有众多的脚步声。是匪徒转回来了么?在村里劫了马么?不会那么快。而且声音的方向也不对。惊疑间,马和人的轮廓就浮现在月光中,起起伏伏地向这边跃进。

李恩宽,是李恩宽。

人们松了口气。

李恩宽出人意料地带来一支队伍。原来他在完成传递消息时从各村召集了三十多名民兵,急急赶来助战。他知道队伍埋伏的地点。

易远方和李茂生立刻把这些喘息不止的民兵部署在河堤阵地上。

敌我力量的对比发生了变化。

易远方清楚,现在已能够对匪徒实施一场歼灭战了。根据刚才见到的敌兵力,只要指挥得当就能够将敌人歼灭,起码可以把敌人包围住,等待天亮后的增援。但这个念头稍纵即逝,他不想以战事的前景来改变自己的初衷,他觉得他仍需履行自己的承诺,这一点坚定不移,只是在心头升起一股莫名的烦恼和悲哀。

当重新隐蔽好一切又复于安静时,他发现卧在身边的已不再是李茂生,而是李恩宽。

"狠揍狗日的!"李恩宽说。

他没应声。

"嗯,狠揍狗日的!"

他仍没应声。他知道民兵连长并不需他的回答,他是在自语,他为赶上这场战斗而激动不已。他打死了赵祖辉和李金鞭,但他最痛恨的并不是他们,而是他的东家李裕川。

"狠揍狗日的!"

"肃静!"他告诫李恩宽,"听我的命令,不准随便开火。"

"听你的枪响为号吗?"李恩宽问。

"枪响为号。"他说完又转向村子望去,月亮渐高,田野和村子都明亮些了,却没有亮透。村中的喧嚣声已弱,也许李裕川就要撤退了。

李恩宽向他身边凑凑,偏过头小声地问:"易队长,嘻嘻,尝了鲜了吗?"

"尝啥鲜?"他不解地问。

"你没听人唱《四鲜歌》?"

"不要说话!"

"没事儿,敌人出村就看见了。《四鲜歌》这么唱:头刀韭菜香椿芽,十八岁的小嫚嫩黄瓜,嘻嘻……"

他仍然不语,盯着李恩宽在月照下古里古怪的长脸。

"实说了吧,我看见李朵勾引你,"李恩宽开门见山了,"从树底下把你领进河边林子里,是不是?"

他血液奔涌,浑身颤栗。这个无赖!这个流氓!原来今晚他和李朵的行动一直在他的邪恶的眼光之下,"你——"

"易队长,你行,你行啦,这遭行啦!"

他心中唯一的愿望就是立即把枪管向那张叫他恶心的涎脸狠捅过去,枪在他手中拼命地抖跳,似乎急于行动。他从未见过如此厚颜无耻的人,他胸胀得几乎喘不过气来。

"谁也甭想瞒着老宽干蹊跷事儿,瞒不住的,卜队长和小婉的好事就是败在咱老宽手里,给席队长报告了,谁也甭想瞒着老宽吃独的……"

他觉得不能再忍耐下去,尽管此时此刻不是适宜时机,可巨大的屈辱与愤懑驱使他立即向李恩宽还击,不是为自己和李朵洗刷什么,而是一场人格的较量。

他紧盯着李恩宽的脸，压低声音："你是个品行恶劣的家伙，你把革命和邪恶连在一起，你在打击坏人的时候自己也在变成坏人。你强奸李朵不成，便诬告她勾引你，伤天害理；你不会知道，要不是李朵搭救，今晚你必死无疑！"

"你，你说什么？！"

"你听着，是李朵把她父亲要带还乡团回村的消息告诉了我们，才使全村人免受杀身之祸……"

李恩宽目瞪口呆："是，是李朵？我不信……"

"为什么不信？"

"她，她恨我，恨王留花，恨全村人……她不会救我们……"

"可是她救了，这是事实。你亲眼见了，她把我叫到村外，不是勾引我，是救我，救了全村人。"

李恩宽深埋下头，不吭声了，喉咙里不时响几声沉闷的如老牛犁地时的"吭吭"喘息声。

易远方也不再言语。本来他还想数落几句，可他压抑住了，一种突如其来的巨大的惆怅感把他的心全部占据。

这时岗哨又把树枝摇响——匪徒出村的信号。朦胧的月色下，黑点似的匪徒结队与村子脱离，疾速向这边接近过来。堤坝上的人再次紧张起来，一支支枪管从柳丛中向道路伸出。敌渐近时，发现队形拉得很长，前头队伍仍快速前进，后头则异常迟缓，显然敌人料到会有埋伏，采取这种一字长蛇的阵势。此刻易远方心间异常烦乱。此刻李朵无疑已在队伍中。在前？中间？还是后部？她心中紧张还是坦然？这些对于他似乎都不重要，因为他将把整个敌队全部放过去。除此不能再有他念，不能。这中间每个环节都必须严密把握,不能失误。随着敌人的队伍更为靠近堤坝,他心中愈是慌恐,膨胀着一种巨大的恐惧一种不知所措心惊肉跳的恐惧。他擎着手枪,眼睛紧盯着奔涌而来的黑浪。最前面的匪徒已可见清晰的形体,已可见手中短小精悍的卡宾枪。易远方的心倏然一震,面前的目光似乎突然明亮,看着奔过来的匪徒如同白日一样清晰。他首先看见的匪徒竟是一张麻脸,狰狞可怖。黄大麻子?!

他险些叫出声来,持枪的手轻轻一抖。

"砰"地一声响,易远方面前划过一道红色弧光。

啊——走火了!他一下子意识到自己走火了!这瞬间他脑中腾起一片空白。几乎与此同时,堤上柳丛间射出一长排火光。刺耳的爆裂声使易远方迅速神志清醒。开始了,他清醒地想,战斗开始了,不可逆转地开始了。

匪徒遭到突然袭击,只慌乱了片刻,便迅速向东面田野上退去,后面的队伍边退边向一起靠拢。易远方从堤上跃起,率队伍向前压迫,射出的火光时时把田野照亮,匪徒在奔逃中回首扫射,双方时有伤亡,倒下去的身躯立刻被茂密的麦苗埋葬了。易远方忘记了一切,不停地射击。匪徒迂回着向海边奔去,当被李茂生带人阻住,于是又转向南方奔逃。如果不改变方向,必定要经过群众藏身的鸦雀窝。易远方心中叫苦,立即带队伍向南迂回过去,把敌人退路截住。敌人南逃不成又只得与李茂生带的人厮杀着继续东撤,最后抢占了一座坟地,以坟丘为依托进行狙击,卡宾枪施展着威力,把追击队伍压迫在坟地前面的麦地里。易远方让队伍在麦垅里隐藏好,以减少伤亡。他向前爬到麦地边沿,借月光窥望着坟地,这是一座不小的坟地，足有二三十亩的规模。坟地里没有林木，只有一方方惨白的石碑。在坟地东面的边沿处，可见一座方形小石屋，这是早年间看坟人的住处。坟地是一个易守难攻的阵地。

易远方不急于发起强攻，只是与敌人不停地对射。在一阵急风骤雨般的追击之后，他的紧绷的心弦渐渐松弛下来。他此刻想到李朵，想到自己做出的承诺。她此刻一定在坟地里吧？在某个坟丘后面和她的父亲在一起，她心里一定充满着憎恨，以无限轻蔑鄙夷的心情诅咒他这个背信弃义的人。她会想到这是一种预谋的欺骗，但这不是事实，完全不是事实。

敌人的火力渐渐减弱，许是为节省弹药，许是在运筹对策。由于兵力不足，无法对整个坟地实施包围，主要兵力部署在坟地南侧，将群众藏匿的鸦雀窝筑成一道屏障。卧在麦地里的民兵不断向坟地里射击。易远方发现有一个人出现在麦地的边沿，月下他认出是李恩宽。他起劲地向坟地里射击，一次一次往枪膛里装压子弹，后来他停止射击，向他身旁爬了过来。

"易队长，刚才我看见了李朵。"他在暗中说。

"她？她在哪儿？！"

"在石屋后面，火光一闪，我看见她被一个人拉到石屋后面……"

易远方把目光紧盯着石屋。到石屋大约有二百多米的距离，中间隔着连绵的坟丘，靠近石屋的坟丘不时被匪徒射击的火光照亮。

"我在她家扛活，她从城里回来歇假，常偷她爹的洋烟给我抽……"

易远方在心里蕴酿着下一步的行动——他的队伍必须先占

领坟地的一侧,利用坟丘渐渐向敌人接近,把敌人压迫在石屋周围,然后实施包围,迫敌投降。

"那时她还小,老叫我带她上山抓蚂蚱、抓蝈蝈,累了就叫我背着她。她的身子真轻真轻,真轻真轻……"

从麦地到坟地边沿这段距离完全暴露在敌火力下,必须以最迅速的动作通过。易远方决定由他和李恩宽首先通过,占领了坟丘再掩护其他人通过。

他和李恩宽一跃而起,扑向坟地。当敌人突然醒悟一齐掉转枪口射击时,他们已经扑到坟地边沿,占领了坟丘。

他们立即向敌人射击。

与此同时,麦地里的人向坟地冲过去,有人被击中倒地,没倒的人不顾一切地向前奔跑,终于越过了开阔地。

利用坟地的一隅做支撑,队伍舒展开来。

"易队长,不能叫李朵死……"易远方听到身旁的李恩宽说。他的心不由一颤。

"李朵有功,得叫她活,她不能死……"

易远方呆呆地盯着月下的小石屋。

战斗打响了,一切都不由人。

然而应该有起码的公正。她让全村人活下来,而换得是自己走向死亡,这不公平!

他看到身旁的李恩宽也定定地盯着小石屋。

他下令停止射击,自己向前面的一座坟丘爬过去,身下全是柔软的迎春枝蔓,花早已凋谢,却似乎闻得见残留的清香。他占据了那座坟丘。匪徒似乎有所察觉,向坟丘扫射一梭子弹。他不在乎,爬上坟顶,大声向小石屋方向呼叫着:"你们不要射击,听我喊话!不要射击,听我喊话!……"

坟地里的枪声果然消失了。

易远方呼喊:"你们已经被包围,抵抗只有死亡,你们赶快投降,我们一定保证你们的生命安全……"

匪徒又开始了扫射,这是他们的回答。以往的经验:还乡团匪徒心如铁石,至死不降。

卡宾枪子弹纷纷钻进坟丘前面的地里,发出扑扑的声音。

民兵的步枪与匪徒对射。双方都有良好的掩护,战局呈僵持状态。

待枪声稍减,易远方又开始喊话,他是向李朵呼叫:"李朵,李朵,请你离开坟地!赶紧离开坟地!……"

枪声完全停止。显然对方在听他的呼叫。

易远方继续呼叫:"李朵,你赶紧离开坟地!现在,我告诉你走出坟地的安全路线,你首先站到石屋南面,拍三声巴掌,然后一直朝正南方向走,走出坟地,听见了吗,李朵?我再说一遍……"

他重复一遍刚才的呼叫。

小石屋在月光下伫立着,像一块惨白的巨碑。

他两眼一眨不眨地盯着小石屋,紧张地期待着。

小石屋依然孤独地站立着,静无声息。

他忽然觉得自己很蠢,很蠢很蠢。

他知道用不着继续呼叫和等待了。

不知什么时候李恩宽从后面上来,趴在他身旁。

"李裕川那狗日的不叫她出来,够歹毒的!"李恩宽愤愤说。

他觉得李恩宽也很蠢。

从石屋前面的一座坟后射出一梭子弹,落在他和李恩宽隐身的坟前,子弹的入土声很沉闷,很凶狠。

民兵开始还击。

"易队长,我救她出来!"李恩宽望着石屋说。

"救?怎么救?"

"绕到石屋后面,把她从李裕川手里抢出背回来……"

"不行!"他断然否定。

"能行,我背得动,她的身子真轻真轻……"

"不行!"

"她有功,不能见死不救!"

"不准胡来!"

话音没落,李恩宽已开始行动。他跃到右侧的一座坟丘后,稍停又向前面的坟丘跃去。他的动作很敏捷,像一只猫。易远方叫苦不迭,他想呼喊,叫他停止莽撞愚蠢的行为,但又怕引起匪徒的注意,只得命队伍加强射击,吸引匪徒们的注意力。此刻李恩宽仍在不断跳跃前进,巧妙地利用庞大的坟丘做自己的掩体。易远方感到奇怪,月光下李恩宽的行动匪徒们能看得清晰,却为什么不向他射击?这种明显的放松定然暗藏杀机。他忧心忡忡,怔怔地望着前面。这时李恩宽已占领离石屋只有几十米远的一座坟丘,他看见他先藏在坟前石碑后面,然后挪到坟后。这是一个极好的位置,他希望李恩宽就此停止前进,在那里支持后面的队伍向石屋接近。但他无法把他的命令传递。此刻李恩宽把身体移向坟丘的右侧,探头看看,然后猛地向前扑去。这时只见一道鲜亮的火舌从前面的黑暗中伸出,

诺言

朝他的腰间从容地一舔，未熄的火光映照着他的身体在半空一旋，然后落在地上，离手的步枪撞击在石碑上发出"咔嚓"的脆响。他完蛋了！易远方怔怔地盯着无声无息的黑暗，他就这样古里古怪地送了性命。这时从坟地东北角传来骤起的枪声，他知道那是李茂生和小贾开始向石屋包抄。现在必须尽快将石屋包围。他率这边的队伍向前推进，匪徒疯狂地扫射着，一阵阵火光把坟场照得雪亮，不时有人被击中倒地，不论死伤都无法顾及。队伍一个坟丘一个坟丘地占领，丢弃，再占领再丢弃。手榴弹已开始发生威力，爆炸火光中看见匪徒开始后退，向石屋近处的坟丘后退。李茂生那边也在向石屋压迫，渐渐形成一个半圆形包围圈，他只是不解匪徒为什么要圆守坟地，而不向海边夺路窜逃。要尽快将敌包围，迫使投降，一定要迫使敌人投降。战斗已接近白热化，火光闪闪，枪声、手榴弹爆炸声连成一片。匪徒终于支撑不住，弃了坟地奔向石屋顽守，从石屋顶上伸出枪口，把弹雨泼上坟地。这时，易远方方才看清，原来石屋并没有屋顶，只有四面露天的石墙，这是一座完美的工事。匪徒居高临下地射击，队伍被阻在坟地难以再向石屋靠近。他突然感觉到队伍的攻势减弱，枪声渐渐稀疏，他脑中迅速闪过一个不祥的阴影：队伍耗尽了弹药。弹药本来便不充足，而战斗开始时又没关照大家注意节省，以至出现这种在战斗中最为可怕的处境。他拼命地向石屋射击，万万不能使敌人有所察觉，否则将不堪设想。他恐怖地射击着，忘记了一切。这时李茂生从左侧向他靠近，后面跟着贾金余。

"必须马上结束战斗，"李茂生靠近他便气喘喘地说，"子弹打光了，不赶紧结束战斗要大祸临头！"他当然十分清楚，只要匪徒发现队伍没有了弹药，就会大摇大摆走出来杀人，就像黄大麻子血洗小黄庄那样。易远方突然醒悟，匪徒固守抵抗的目的或许就是为耗尽队伍的弹药，因为只有出现了这种情况他们才有可能杀人、逃跑。"赶快集中所有的手榴弹！"李茂生又说。坟地里的枪声几乎完全停止了，这是最危急的关头。手榴弹集中起来，总共才不过十几颗。最有效的使用就必须在敌人冲出石屋前把手榴弹投进石屋内，如此才能转危为安。易远方挑了十几个人，由他带领向匪徒盘踞的石屋投掷手榴弹。他们匍匐前进，寻找可以准确投掷的地点。这时匪徒也停止了射击，似乎在思索面对的有些怪异的局势。易远方在烟尘弥漫的昏暗中向前爬去，蛇样地越过一座座柔软可人的坟丘。整个坟场死一般的沉寂，使人心惊肉跳无所适从的沉寂。"他们没子弹啦！"黑暗中突然爆出一声瘆人的嚎叫，"杀出去呀——""弟兄们杀出去呀——"这时易远方从容站起身来，挥臂将手榴弹掷出。他的投掷动作非常规范，就像在训练场上的训练投掷那样。投出后，他没有卧倒，只是定定的望着前方那座白色小石屋。他听见了手榴弹响彻天地的爆炸声，与此同时看见石屋上面升起一个红色屋顶……

十二

若干年后参加过这场坟地战事的人依然惶惑地记得当时小石屋被烈火吞噬时出现的怪异：在劈劈啪啪的燃烧中人们听见从石屋墙内传出久而不息的低声碎语，偶尔还有几声咳嗽和笑声。声音时而清晰时而模糊，清晰时有人竟就分辨出哪是李裕川哪是李朵哪是吕福良，又好像在谈论着同一件事，因为声音中不断重复着这么一句话："如此而已，如此而已……"没人肯相信在这般强烈的爆炸中会再有活着的人。为慎重起见，又从匪徒的尸体上搜寻到一批手榴弹手雷投掷进去，爆炸迭起，火势猛增，说笑声依然。人们又搬起石块向里面掷去，然而声音有增无减，叫人毛骨悚然。后来终于有人记起先前对付李金鞭鬼魂的手段，从村里取来纸钱对着石屋烧了，里面的喧闹声才渐渐消失。

易远方不相信会有这种怪异事情，对人们采取的措施却不干涉。然而在天亮后打扫战场时，他自己却发现一件天大的奇事：他没有找到黄大麻子的尸首，查遍石屋、坟场及追击途中都没有发现黄大麻子的尸首。甚至所有毙命的匪徒中没有一张麻脸，而那时他分明无疑地看见了一张麻脸，他对着那张麻脸开了头一枪，而如今却没有麻脸，他惊愕不已。

朝阳照耀着千姿百态的死者。

袁升火、李恩宽还有另外九名民兵静静地卧在麦地边，很快便要把他们抬回村子去，在接受了村人隆重而沉痛的悼念之后将被安葬于烈士墓地。

石屋外面，横七竖八地躺着匪徒们包括李裕川、吕福良和赵祖辉的儿子赵吉星在内的三十六具尸体。

还有李朵。

易远方默默对着她。她死在她父亲李裕川的怀抱中，人们好容易才把这父女的尸体分开来。此刻她平卧在地上，面孔对着天空。易远方看到她的颈部被血染红，弹片从后颈打进，从前面穿出。血流在她白色的学生旗袍上留下一道喇叭花状的艳红。

李朵身边卧着小婉——疯女人小婉。她的身旁站立着眼神呆痴的卜正举。易远方已经知道了小婉的死因：当匪徒刚刚走进村子时，卜正举和被他看管的人在村西狭沟里也听到村子的骚动声。这时小婉突然发出一声惨叫，随即跳出沟去，在黑暗的旷野中边跑边叫。卜正举迅猛追去将小婉抱住，并用手捂住小婉的嘴，小婉疯劲愈增，极力挣脱、反抗，咬他的手。卜正举不敢松手，捂得更紧。后来小婉渐渐不动不咬了，卜正举松手发现她已死去。卜正举当场昏厥过去。当陈努力把卜正举和小婉背回沟里，发现小婉的背后被血湿透。经严厉盘问，孙永安的老婆告发了小婉的婆婆赵杨氏：刚才赵杨氏在暗处用针向小婉猛刺过去，小婉才尖叫逃走。原来赵杨氏已从偷潜进村的吕福良嘴里得知她的儿子赵吉星也要随还乡团进村，把她接走。她希望儿子能知道她此时的下落，于是便施展起这刁钻狠毒的手段。陈努力就把她堵了嘴扔进沟内的一座枯井里。她的计谋使她比儿子更早些下了地狱。卜正举苏醒后战斗已经结束，晨曦映白了原野。他背着小婉在野地里不停地走，谁也不清楚他为何要这般不停地走。后来他在石屋旁找到了易远方，他放声大哭起来，说是他杀死了小婉。哭过，他要求允许他把小婉带回家乡安葬。易远方答应了他的要求。

当英烈们的遗体被护送回村后，石屋旁已挖掘开一个巨大的墓坑，这里是匪徒们的最后归宿。

易远方没有让李朵在这里下葬。他让小贾找来一副担架，两人把李朵抬上，离开了这片坟场。

他们把她抬到胭脂河边……

他们让她在这里伴着桃花长眠了……

是历史也是现实

尤凤伟

《小灯》写的是土改运动当中的事,半个世纪以前的事,老皇历了。写作中我也时常自问:大家都在"与时俱进",你怎么却老是与时俱退呢?翻弄那些陈年老账,又有多大的意思?

也许真是没多大意思。特别是对今天的读者来说,许多人没有经历过那个年代,很陌生。经历过的人也大都淡忘了。太遥远。现实生活丰富多彩,要干的事很多,该管的事还顾不过来,还有心思管那些老辈子的事?

我本人没有经历过土改。对土改的初始认识来自后来读到的一些写土改的书,如《暴风骤雨》《太阳照在桑干河上》等。这些作品被视为反映土改的"经典"。经典总是会被人找来读的。开始我全盘接受,认为土改就是书描写的那么回事,也认同"革命专政万岁"。因为书上写得"有理有据"。但后来接触到社会,特别是农村,才发现许多事原本不是书中所写的那样,与真实情况大相径庭。有些基本的东西甚至南辕北辙。书写"历史"的作品却不能真实的反映历史,其价值自然大打折扣,而对读者的误导,又会造成很深的危害。这么说并非是责难那类"红色经典"作品,那是时代的产物,没有办法。别人写也难脱窠臼。

时代变迁,当代作家对历史进行重新审视成为一种可能。如新时期大量涌现的"反思文学",便是对诸多历史时期(事件)的重新梳理。这当间,我也积极投入,写过抗战,写过反右,写过"文革",关于土改方面,前后写了中篇小说《诺言》,短篇小说《合欢》《辞岁》等。我将这些作品称之为"历史反思小说",我的写作要求是能真实客观的反映历史。

《小灯》是偶然所得。一次与朋友聊天中,朋友谈到他在土改中的亲身经历,可以说是虎口逃生,我听了很受触动。恰这时《长城》的刘建东为他们的"历史题材专号"索要稿件,就匆促成篇。

其实无论是土改、反右、肃反还是"文革",我更愿将其归于现实题材,因为"历史"与"现实"最重要的概念不是时间,而是社会之本质,如果从古到今社会的"精白"仍一脉相承,如果往日的梦愿仍将今人缠绕,那么我们便不能说历史已经成为过去,现实只是历史的延续,换句话说,历史便是另一种现实,从而关注历史也就是关注现实。从这个角度来看,重新审视历史不仅有些"意思",也有意义。

《小灯》写了土改运动当中的一个例外,人性之光在瞬间的微弱的一闪。如果不是"来自生活",如果仅凭理念廉价地抛撒"光环",我便自己不能说服自己,没有勇气为之。

应该打住。创作谈与创作原本便是个悖论。作品是作家设的一个"局"(说骗局也成),创作谈是自己把"局底"戳穿。自是一忌。

再退一步说,有一类作品谈谈倒也无妨,无伤大雅;而有些作品则谈不得,一谈便会露出"马脚",比如这篇《小灯》。

一盏照亮人性的明灯
——试论《小灯》的叙事策略

姜玉琴

尤凤伟是一位反对为艺术而艺术的作家。应该说,把他定位在背负着社会、历史责任感以及道义、责任从事文学创作的价值纬度上是不会有大的偏差的。然而,这也并不意味着尤凤伟对文学的艺术性不屑一顾。相反,从他创作的总体情况来看,他几乎从未放弃过对艺术表达的不懈探求。长期以来,评论界都是把注意力投放在对他的作品的历史观以及思想性的阐释上,而对他在艺术的实验与追求则还没有给予充分地认识与肯定。

中篇小说《小灯》就是一篇颇能代表尤凤伟艺术造诣的小说。粗读《小灯》会觉得这是一篇朴实、流畅的小说,没有任何生硬的所谓被称之为技巧的东西疙疙瘩瘩地掺杂于其间,凸现出的似乎仍是尤凤伟一贯所坚持的那种中规中矩、娓娓道来但又绵里藏针的创作风格。然而，若仔细阅读就会发现，该小说在延续了作者以往的一些创作风格之外，还在艺术性上下了一番功夫，即行云流水般的风格下隐藏着一个缜密而巧妙、敦厚而飘逸的叙事架构。

一、小灯：一盏高悬而令人心痛的人性之灯

小说的题目叫《小灯》，小灯是小说中的一个人物，即地主胡有德的小闺女。按照传统的叙事话语习惯，小灯无疑应该是掌管小说节奏与结构的核心人物。可事实上，小灯在整篇小说中只出现过一次——执意要把父亲的那副曾伤害过胡顺自尊心的兔毛护耳送给胡顺。显然，从篇幅的安排上看，小灯不过是小说中一个偶尔而过之的人物，并不肩负着统帅全篇、推动故事发展的重任。的确，贯穿小说始终、让故事跌宕起伏的核心人物是民兵胡顺。既然如此，作者为何不把小说命名为更为切题的《胡顺》，而偏偏要用仅出现过一次的小灯作为作品的题目呢？不合乎逻辑的背后一定蕴藏着某种特定的构想，即小灯在小说中虽不是呼风唤雨的人物，但却能起到其他人物所不能起到的作用。具体说，小说中的其他人物相对应的就是他自己，如胡顺就是胡顺，他的欣喜、他的忧伤、他的不幸都只代表他一个人。而小灯则不然，她除了是小女孩小灯之外，其身上还承载着作者对社会、对人性的思索。

一般说来，作家对一个人物的"羁绊"越少，这个人物的可能性就越大。小灯就是这样一个有着无限可能性的人物。小

灯的故事是从整篇小说故事的中部开始的,这也在很大程度上说明尤凤伟不是要把她塑造成一个有始有终的封闭性人物,而是有意识地让她处于"敞开"的状态。其实,小灯与这篇小说原本也没有什么必然的联系,一个七八岁的小女孩毕竟与"土改"这个庞大的政治话语体系有着太遥远、太隔膜的距离。但是由于一夜之间她周边的人和事发生了变化——父亲胡有德变成了反动派、坏人;顺子大哥变成了与反动派做斗争的积极分子,所以夹在两人间的小灯也不得不被卷入"土改"斗争的纠葛中。而且,这种卷入在很大程度上又是源于她的纯真和善良:在父亲胡有德的批判大会上,她所熟知的顺子大哥,也就是胡顺揭发了她父亲不给其面子的一件事——一年冬天,在街上碰到了戴着兔毛护耳的胡有德,胡顺好奇地问他暖和不暖和,并提出了要戴上试试,可胡有德只冷冷地说了句不暖和戴它干什么就走了。这件事一直令胡顺觉得很恼火。胡顺的这种没有力度的揭发令器重他的杨队长大失所望,可是兔毛护耳之事却为小灯的出场奠定了基础。

  小灯的出场是简洁、迅速的,作者对这个姗姗来迟的人物并没有做过多的背景交待和外在的形象、性格描写,只是让人们笼统而模糊地知道她在很小的时候就没了亲娘,深得父亲的疼爱。而当她见到同庄的胡顺时,总是"顺子大哥"、"顺子大哥"地叫着,亲热地宛若兄妹。小灯的这些背景信息都是批斗大会之前的信息,批斗大会之后的小灯又是怎样的小灯呢?她有没有发生变化?尤凤伟对这个场景中的小灯,也就是成为反动派女儿的小灯没有做任何的介绍与评价,而是选择了让其天性尽情去展示的策略——小灯站在村口等待散会回家的

胡顺。当看到远远而来的胡顺时,她一边喊着"顺子大哥"、"顺子大哥",一边跑过去将手里的一件白绒绒的东西往他手里塞:

"是啥呢?"他戒备地问。

"你看看。看看就知道了。"小灯笑盈盈的,小脸蛋像个开花的红石榴。

……

"小,小灯,你也知道我……我说了护耳?……"他磕磕巴巴地说。

"知道,全村都知道的,全怪我爹,他不对,我和妈都说他了。"小灯说。又催促:"戴上吧!戴上吧。"

……

他把兔毛护耳还给小灯,说:"俺不要,留着吧。"

"不,不,给你,俺爹有围脖,俺和妈有围巾,你没有这些,天这么冷,耳朵露在外面,受不了。"小灯恳切地说。

他不知道怎样才好。

"你,不肯原谅俺爹?是不是,顺子大哥?"小灯笑脸变成哭脸。

"哦不,不是。"他说。

"不是你就戴上,戴上,试试暖和不暖和。"小灯又说。

开始的时候,胡顺怎么也不肯要兔毛护耳,小灯急得眼泪都要出来了。小灯的诚意渐渐使胡顺的戒备之心松弛了下来,他不愿意让天真烂漫的小灯失望,便戴上了兔毛护耳并告诉她暖和。于是,小灯就笑着胜利般地跑掉了。

小说中有关小灯的描写也仅限于寥寥的数笔,但是这个善良、天真地令人心疼的小女孩却让人久久不能平静,她就像是一头朝着陷阱跑来的小鹿,浑然不知一张从天而降的网已经悄然跟踪上了她,还误认为危险已经消除。在她看来,父亲不给胡顺试戴护耳是父亲的不对;胡顺接受了护耳并承认护耳暖和,她就认为胡顺原谅了父亲,一切也就因此而太平了。父亲还是父亲,胡顺还是胡顺。她压根不知道这场斗争根本就不关乎什么兔毛护耳不兔毛护耳的事,这只不过是要革他父亲的命,包括她的命的一个步骤或过程而已。当然,小灯这个人物形象如果仅仅滞留在不谙世事的层面上,也就把其意义简单化了。

其实,这个让整篇小说都闪烁着温暖、璀璨光彩的小女孩在小说中有着更为深刻的意蕴,她是人性的象征,她的出现为扭曲人性的残酷场景涂上了一道没有受到浸染的人性光辉。换句话说,尤凤伟在这样一个复杂、残酷的语境中,塑造出这样一个纯之又纯,通身散发着"人之初、性本善"气息的人物,一方面是为了更好地衬托出善与美陨落的痛心,另一方面也表达了试图用人性来拯救苦难的愿望。这一点可以从胡顺的身上得到求证。胡顺在小说中是存有私心的一个人,不过总体说来还是一直要求进步和愿意革命的。也正因为这样,他虽然内心对地主们有些愧疚,因为"土改"前他曾承诺那些"借"给其衣物的地主予以关照,但是随着后来形势的骤变,他关照的范围也仅限于不希望人们把他们一棒子打死,留下条人命而已。显然,按照胡顺的思想以及性格逻辑的发展,他是无论如何也不会冒死放走那些由他所看押的地主的。然而,奇怪的是,他竟这样做了——在夜幕中巡逻时,他突然朦朦胧胧地听到关押在学堂中的小灯似乎在向他高喊:"顺子大哥,救救俺呀!"也许这是小灯的呼救声,也许这根本就是胡顺的幻觉,但是这道来自于夜空中的神秘声音令胡顺的灵魂都出窍了,他仿佛受到了什么召唤,一边喊着"小灯咋了!咋了,有人要害她啦",一边懵懵懂懂、鬼使神差地打开了那两扇紧闭的大门。

至此不难看出,小灯在小说中既是一个真实、可信的人物,即地主胡有德的小闺女,但同时更是一个具有象征意义的喻体,即一盏照亮人性的明灯。这也是小说命名为《小灯》的真实含义。因此说,胡顺与其说是受到了小女孩——小灯的感召,不如说是受到了善和美的感召。其实,《小灯》这篇小说的主导思想就是呼吁人们放弃仇视和残杀的,这从小说的"尾声"中可以明显地反映出来,"后来的胡庄自是随着历史的河流不断地流淌,于漫长的岁月里虽经过了许许多多灾祸和劫难,但那里的人却始终睦邻友好,相安无事,没有凶险的事情发生,没有人'非正常死亡'。"然而只有悲剧意味的是,就在胡顺迷失的人性得以回归之时,即他不愿意让小灯和其他人"非正常死亡"时,他却死亡了——被前来接班的民兵误认为是逃犯而一枪给打死了。胡顺的这种悖谬式命运结局并不是偶然的,而是作者有意而为之的结果。事实上,这种悖论性的阴差阳错在《小灯》中是无所不在的,而这也正构成了《小灯》的第二个创作特色。

二、反讽：阴差阳错的悖论

不管怎么说，"土改"都算得上是一件庄重、严肃的大事，因为在相当长的一段时间内是把其作为中国民主革命的一项基本任务来贯彻、实施的。若干年过去了，对这场规模宏大、影响深远的群众运动该持有何种的态度与立场？政治上有政治上的叙事策略，文学上有文学上的诠释话语。尤凤伟在用文学诠释这段历史时，运用得是严肃与戏谑、庄重与反讽相结合的悖论手法，从而使整篇小说显示出既矛盾又统一、既和谐又突兀的异样风格。

《小灯》中最为突出的叙事特色是事与事、人与人之间总是充满了莫名的悖论，而又正是这一个个循环的悖论推动了故事的发展。譬如，"土改"的受益对象是穷人，所以这场革命的依靠对象也是穷人。也就是说，革命与穷人在小说中应该是天生的一对、地设的一双。可是，在革命刚刚拉开序幕的时候，革命和穷人之间总是出现不能焊接的缺口。胡顺为了讨好要去访贫问苦的杨队长，就把他带到了全庄最穷、最苦的人家，即胡发家。按照越穷越革命的逻辑，胡发理应是最有觉悟的农民之一。可是，任凭杨队长怎样启发、引导，胡发都认定他的贫穷是由自身的残疾所造成的，与地主老财的压迫、剥削无涉。尤有意味的，他还说了不少反动的话，如把"分"地主的地称之为"抢"，并归类到不义之财的行列，从而使乘兴而来的杨队长感到分外地扫兴。不但革命者与农民之间难以形成有效的对话，就是革命者与革命者之间也会出现莫名其妙的

一盏照亮人性的明灯　　145

错位。如当杨队长听胡发说她老婆冬天出门要饭要穿上他的衣服,他只能躲在炕上靠孩子围着取暖时,就叮嘱工作队的小陈说:"你记住,分浮财的时候,一定让胡发同志去挑一件皮袄。"小陈的回答是:"好,穿上皮袄要饭就不怕冷了。"这个回答不但违背了杨队长的本意,也违背了革命的初衷,故而他不快地说:"斗倒了地主还要啥饭哩?!"

如果说这种阴差阳错发生在两个人物之间还不足为奇的话,那么在一个人的身上也荒唐地上演着。生活在同一个庄子中的胡顺与胡有德原本没有什么交情,但也没有什么大的怨恨,基本是不搭界的两个人。只是在工作队发动群众起来"土改",要求大家提名需要被革命的对象时,要求进步的胡顺为了表现自己的进步而顺口提了胡有德的名字。因为在胡顺的眼中,胡有德是胡庄的首号富户,不提他,还能提谁呢?其实,这时的胡顺,要求进步向革命靠拢的胡顺既不知道革命是怎么回事,也不知道杨队长让大家提名的真实用意是什么,所以当杨队长得知了胡有德的情况并一锤定音地说"胡有德就是反动派,是敌人。是我们的斗争对象"时,胡顺立刻就后悔了。他的本意可不是说胡有德是反动派,是要斗争的敌人,他只想说胡有德过得富裕,而富裕在其眼中并不是直接导向敌人的。胡顺自己把自己给搞错了,这也就注定了其后来的悲剧发生。

胡顺的母亲也没有逃脱出阴差阳错的嘲弄。身为民兵的胡顺,肩负着夜里站岗放哨的任务,这让她的母亲异常心疼。平时冷天里,她都让儿子搬到自己的热炕上睡,可现在儿子半夜就得离开热被窝。她担心外面的冷风冻坏了儿子,就极力劝儿子穿上从地主老财家偷偷"借"来却一直没敢穿的皮袄、皮帽、皮靴,理由是"外面黝黑,谁也看不见"。在"听妈的没错"的撺弄下,胡顺全副武装地走出了家门。冷是不冷了,可这身衣服却要了胡顺的命,"惊惶中看见学堂后面的山坡上迎风站着一个穿皮袄皮帽威风十足的人,怀里抱着一杆枪,换班民兵是个很有战斗经验的人,他断定那人是逃犯中的一个,在那里为逃跑的人担当'断后'。"换班民兵毫不犹豫地向身穿皮袄、皮帽的胡顺开了枪。从某种程度上说,胡顺是被母亲的疼爱害死的,原本他可以死得不必这么匆忙与委屈。其实,就连地主胡有德也没有逃出这个悖论怪圈的追逐,这座关押他和小灯的学堂,就是他当年出面游说有钱人捐钱盖的,不料想竟亲手为自己修建了一座囚笼。

从思想内容上看,《小灯》无疑是悲剧性的,胡顺从一个倾心革命、要求进步的民兵积极分子到小说结尾被另外的民兵意外击毙,无不都显示出悲剧的意蕴。但是纵览整篇小说的叙事风格又绝非能用悲剧来概括,相反更具有喜剧的幽默、滑稽成分在内。当然,这种喜剧幽默、滑稽是建立在严肃、庄重的基础上的,显示出的是一种反讽的效果。譬如"土改"是一件很严肃的事情,杨队长特意把工作队和贫农团要紧紧依靠的骨干分子召集到一起做动员报告,让他们给庄子里的地主按富裕程度、罪行大小排个队。富裕问题不难办,看看房子、地和再数数牲口也就解决了。至于何谓"罪行",骨干分子们就难以把握了。在杨队长的反复教育、启发下,他们终于明白了地主放高利债、打人就是一种罪行。看上去他们是大彻大悟了,但是他们接下来对"罪行"的演绎却让人忍俊不禁。杨队长责怪他们地主放这么高的债都敢借,难道就不怕地主逼债吗,他们的回答颇为不屑,"逼?要钱没有,要命一条。"当杨队长问地主胡有言是否打过人时,他们高喊:"打过。"待问:"打过谁?"他们又高呼:"打他老婆。"

让群众控诉、清算地主老财的一场戏写的更是悲喜交加、妙趣横生。这是一个庄严、盛大的场合,先是杨队长代表人民政府作了动员报告,后是农会会长宣布控诉开始,这意味凄惨与悲壮的音符即将奏响。

然而,整个会场静悄悄的,没有人愿意站出来说话。为了打破僵局,民兵队长只好点名让胡起宝上台来控诉地主胡有言,理由是他曾给胡有言当过好几年的长工并对胡有言心怀不满。不得不控诉的胡起宝耷拉着脑袋走上了控诉台,按辈分胡有言是他的叔,所以他不愿意把矛头指向胡有言,便悄悄地把控诉对象转向了外姓人毕子通:"你个外姓人,死皮白赖地搬到俺们胡庄,为啥呢?为的是来剥削俺们,卖烧肉赚钱你就卖烧肉,卖瓦盆赚钱你就卖瓦盆,卖鱼虾赚钱你就卖鱼虾,你他妈的心眼鬼着哩,变着法儿赚俺们的钱。赚了钱就一亩一亩地买地,一头一头地买牲口,还给儿子一房一房地娶老婆,好事都叫你得着了,你说你的罪过大不大呀!"胡起宝胡乱地嚷嚷着。农会会长看出了胡起宝转移视线的把戏,便打断了他的话,让他还是揭发胡有言。胡起宝认真地说:"中,我揭发。"于是,他就揭发胡有言不给他肉吃,光让他吃粗粮,弄得他的"肚子整天咕咕叫,像里面装了一窝蛤蟆"一样。在痛说胡有言不爱惜他身体的过程中,他还说起了胡有言曾打过他一个耳光,这引起了台下人的兴趣,纷纷起哄说:"胡起宝,揍他!扇他耳光!"在人们的叫喊中,胡起宝大踏步地走到胡有言的跟前，高高地举起了手，可"刚要往下落，又缓缓放下，说：'不行，不行，脸太瘦，到处露骨头，会硌痛我的手。'"惹得台下哄堂大笑。一场本该痛哭流涕、悲痛欲绝的控诉大会变成了逗乐会。

杨队长试图扭转局面，便把全部希望寄托到了胡顺的身上。他说："胡顺同志，你上台来揭发控诉，你行，我知道你行，来呀！"一心想给杨队长留下好印象的胡顺跳上了台子，他决定揭发、控诉胡有德，因为这个人是他提名的，重要的是他没有向他"借"过东西。但是望着身材高大、颇有气派的胡有德，胡顺还没有开口"心里不免有些打怵"。所以，在他控诉完了胡有德不让他试戴兔毛护耳后，只慌乱地丢下一句"就凭这一件事，我就不能原谅你"后，就快速地跳下了台子。这场沉重、严肃的批斗大会就在鸡毛蒜皮式的尴尬与滑稽中收场了。

显然，在严肃、庄严中插入戏谑、幽默的手法，使整部小说显示出一种啼笑皆非、亦庄亦谐的效果。当然，这里的"谐"又不同于纯粹喜剧式的谐，而是与悲剧中"悲"联系在一起的，就像胡起宝被当作无辜的受害者一样请到了台上，殊不知，胡起宝本人就是一个鸡叫了三遍都不起的懒汉。到底孰是孰非、孰悲孰喜是一个难以说清的问题。在《小灯》中，这类剥离不清的细节无处不在。事实上，《小灯》本身就是一篇似悲、似喜、似严肃、似幽默的小说。尤凤伟的表达智慧和叙事策略在这里得到了充分地展示。

《小灯》是一篇构思缜密、结构精巧，闪烁着智慧之光的"土改"小说，但是《小灯》却没有给我们带来任何的阅读障碍，相反充满着阅读的张力与快感，甚至还带有流畅的诗意化感觉。自20世纪80年代中期以来，有不少的当代作家，特别是新潮作家格外迷恋小说的叙事技巧，甚至把小说创作总结成不是说什么，而是怎么说的问题。这样的一种设想不能算错，因为小说创作毕竟是需要通过艺术形式来得以实现的。然而，这中间有个"度"和"量"的问题，即艺术探求是为了更好、更全面地传达出思想，而不是为了其他。那种在形式试验的旗帜下失去起码可读性的作品是有问题的作品，因为它违背了小说所特有的天性，即故事性的要求。尤凤伟是在坚持、维护小说天性的前提下，努力拓展其艺术的表达空间的。尤凤伟这种不把形式技巧驾驭到作品思想之上，而是老老实实地让艺术手法与思想内容真正合一的创作实践是值得肯定与研究的。

尤凤伟创作年表

1978年

短篇小说《延河水》发表于《上海文学》第7期。

短篇小说《记者》发表于《山东文学》第7期。

短篇小说《同志》发表于《山东文学》第12期。

1979年

短篇小说《秋天里的故事》发表于《济南文学》1第2期。

短篇小说《清水衙门》发表于《上海文学》第5期。

短篇小说《白莲莲》发表于《人民文学》第6期。

短篇小说《冒名者》发表于《作品》第10期。

短篇小说《告密者》发表于《山东文学》第10期。

1980年

短篇小说《瞬间》发表于《山东文学》第10期。

短篇小说《月亮知道我的心》发表于《山东青年》第10期。

短篇小说《红丹丹》发表于《青岛日报》。
短篇小说《关系户》发表于《人民日报》。
作品集《月亮知道我的心》由山东文艺出版社出版。

1981年
短篇小说《爱情从这里开始》发表于《北方文学》第1期。
短篇小说《倾斜的小路》发表于《淄流》第1期。
短篇小说《李更生嫁女》发表于《海鸥》第1期。
短篇小说《晚风徐徐过山岗》发表于《山东文学》第3期。
短篇小说《乔干部》发表于《泉城》第4期。
短篇小说《人之歌》发表于《上海文学》第8期。
短篇小说《因为我爱你》发表于《中国青年》第9期。

1982年
短篇小说《鱼团儿》发表于《山东文学》第1期。
短篇小说《登台》发表于《柳泉》第3期。
短篇小说《月台》发表于《山东文学》第10期。

1983年
短篇小说《好种三年》发表于《泉城》第6期。
短篇小说《雪夜絮语》发表于《北方文学》第9期。
短篇小说《宴会正在举行》发表于《文汇月刊》第10期。
作品集《爱情从这里开始》由百花文艺出版社出版。

1984年

短篇小说《庞跑婆婆》发表于《胶东文学》第1期。

短篇小说《望着田野》发表于《新港》第6期。

短篇小说《远山》发表于《文汇月刊》第8期。

短篇小说《雪尘》发表于《山东文学》第10期。

1985年

短篇小说《山地》发表于《文汇月刊》第4期。

短篇小说《男子汉宣言》发表于《山东青年》第4期。

短篇小说《又是清明》发表于《山东文学》第8期。

1986年

中篇小说《秋的旅程》发表于《小说家》第6期。

1987年

中篇小说《旷野》发表于《柳泉》第6期。

1988年

中篇小说《诺言》发表于《花城》第2期。

作品集《尤凤伟中短篇小说选》由青岛出版社出版。

1989年

短篇小说《乌鸦》发表于《文汇月刊》第3期。

短篇小说《崖》发表于《文汇月刊》第3期。

中篇小说《不要问为什么》发表于《时代文学》第5期。

1990年

短篇小说《老安的咏叹调》发表于《山东文学》第2期。

短篇小说《革命者平野一雄》发表于《上海文学》第3期。

1991年

短篇小说《沉默的格》,发表于《青岛文学》第7期。

1992年

中篇小说《洸洸水》发表于《小说家》1992年第2期。

中篇小说《金龟》发表于《收获》1992年第4期。

中篇小说《石门夜话》发表于《时代文学》1992年第6期。

短篇小说《准警员》发表于《天津文学》1992年第7期。

中篇小说《金色河滩》发表于《四川文学》1992年第9期。

短篇小说《上士杨光明》发表于《当代小说》1992年第10期。

1993年

中篇小说《穿三号军服的号兵》发表于《山东文学》第1期。

短篇小说《合欢》发表于《当代》第4期。

短篇小说《辞岁》发表于《上海文学》第10期。

中篇小说《石门呓语》发表于《时代文学》第5期。

1994年

短篇小说《姓邹的老头和叫皮的猪》发表于《天津文学》

第3期。

中篇小说《生命通道》发表于《当代》第4期。

作品集《石门夜话》由作家出版社出版。

1995年

中篇小说《五月乡战》发表于《当代》第1期。

短篇小说《远去的二姑》发表于《文学世界》第4期。

短篇小说《凶手》发表于《长江文艺》第9期。

短篇小说《乘车而去》发表于《山东文学》第9期。

1996年

中篇小说《生存》发表于《当代》第1期。

短篇小说《姥爷是个好鞋匠》发表于《文学世界》第1期。

短篇小说《爷爷和隆》发表于《钟山》第5期。

短篇小说《黑河》发表于《作家》第8期。

短篇小说《黑天气传略》发表于《青年文学》第9期。

中篇小说《石门绝唱》发表于《大家》第6期。

1997年

作品集《战争往事：抗日战争胜利半世纪祭》由人民文学出版社出版。

长篇小说《石门夜记》由漓江出版社出版。

作品《尤凤伟自选集》（三卷本）由作家出版社出版。

作品集《尤凤伟文集》（四卷本）由山东文艺出版社出版。

1998年

中篇小说《蛇会不会毒死自己》发表于《收获》第4期。

短篇小说《旅游》发表于《广州文艺》第4期。

短篇小说《为兄弟国瑞善后》发表于《人民文学》第7期。

作品集《金龟》由北京出版社出版。

长篇小说《石门绝唱》由泰山出版社出版。

1999年

短篇小说《回家》发表于《十月》第6期。

短篇小说《晴日雪》发表于《人民文学》第4期。

短篇小说《一桩案件的几种说法》发表于《山东文学》第11期。

作品集《尤凤伟短篇小说精选》由漓江出版社出版。

2000年

短篇小说《一九五七年的爱情》发表于《时代文学》第1期。

长篇小说《中国一九五七》发表于《江南》第5期。

短篇小说《原始卷宗》发表于《作家》第9期。

短篇小说《那年冬天在北方》发表于《广州文艺》第10期。

2001年

长篇小说《中国一九五七》由上海文艺出版社出版。

长篇小说《生命通道》由解放军文艺出版社出版。

2002年

长篇小说《泥鳅》发表于《当代》第3期。

长篇小说《泥鳅》由春风文艺出版社出版。

作品集《生存》由中国戏剧出版社出版。

作品集《匪闻》由新疆人民出版社出版。

作品集《原始卷宗》由新疆人民出版社出版。

作品集《金色河滩》由春风文艺出版社出版。

作品集《为国瑞兄弟善后》由春风文艺出版社出版。

2003年

短篇小说《幸福的味道》发表于《青年文学》第9期。

中篇小说《小灯》发表于《长城》第3期。

2004年

长篇小说《色》发表于《收获》第6期。

长篇小说《中国1957》由春风文艺出版社出版。

作品集《蛇会不会毒死自己》由北京十月文艺出版社出版。

2005年

短篇小说《替妹妹柳枝报仇》发表于《上海文学》第4期。

短篇小说《木兰从军》发表于《上海文学》第8期。

短篇小说《雪》发表于《天津日报》。

长篇小说《色》由上海文艺出版社出版。

作品集《生命通道》由人民文学出版社出版。
作品集《一桩案件的几种说法》由中国社会出版社出版。

2006年
短篇小说《杀死沙包》发表于《青年博览》第7期。
短篇小说《身份证》发表于《小小说选刊》第18期。
短篇小说《伤心的身份证》发表于《夜郎文学》第9期。

2007年
长篇小说《衣钵》发表于《中国作家》第4期。
短篇小说《彼岸》发表于《西部》第2期。
短篇小说《现场》发表于《西部》第9期。
短篇小说《风雪迷蒙》发表于《西部》第9期。

2008年
长篇小说《一九四八》发表于《西部》第15期。
短篇小说《赶牲灵》发表于《青岛文学》第11期。
长篇小说《衣钵》由花城出版社出版。

2009年
短篇小说《门牙》发表于《作家杂志》第1期。
短篇小说《隆冬》发表于《中国作家》第1期。

2010年
短篇小说《空白》发表于《中国作家》第13期。

作品集《小灯》由花城出版社出版。

2011年
中篇小说《相望江湖》发表于《收获》第4期。

2012年
中篇小说《魂不附体》发表于《中国作家》第1期。
短篇小说《残余时间》发表于《时代文学（上）》第1期。
中篇小说《岁月有痕》发表于《十月》第3期。
长篇小说《百合的江湖》由江苏文艺出版社出版。

2013年
短篇小说《晒画》发表于《人民文学》第1期。
中篇小说《中山装》发表于《十月》第3期。
短篇小说《萤》发表于《时代文学（上）》第7期。
短篇小说《婆婆》发表于《青岛文学》第10期。
长篇小说《沧海客》由花城出版社出版。

2014年
中篇小说《鸭舌帽》发表于《北京文学》第1期。
短篇小说《小说二题》发表于《江南》第3期。
中篇小说《金山寺》发表于《小说月报原创版》第6期。
作品集《凤伟六短篇》由海豚出版社出版。

2015年

中篇小说《魂归何方》发表于《北京文学》第2期。

中篇小说《风铃》发表于《十月》第4期。

短篇小说《对口词》发表于《山花》第7期。

2016年

中篇小说《命悬一丝》发表于《北京文学》2016年第6期。

中篇小说《我们的田野》发表于《解放军文艺》2016年第1期。

中篇小说《情非所以》发表于《芙蓉》2016年第6期。

短篇小说《选举日》发表于《中国作家》2016年第6期。

作品集《尤凤伟文集》（七卷本）由青岛出版社出版。

作品集《金山寺：尤凤伟中短篇小说选》由中国言实出版社出版。

2017年

短篇小说《高岗》发表于《湖南文学》第3期。

中篇小说《水墨》发表于《北京文学》第6期。

作品集《国乐》由江苏凤凰文艺出版社出版。

2018年

中篇小说《老屋》发表于《山花》第1期。

中篇小说《排异》发表于《北京文学》第1期。

中篇小说《碑》发表于《作品》第3期。

中篇小说《验明正身》发表于《啄木鸟》第4期。
短篇小说《画像》发表于《江南》第6期。
长篇小说《归乡》由江苏凤凰文艺出版社出版。
作品集《生存》由河南文艺出版社出版。

2019年
中篇小说《解救》发表于《芒种》第3期。
中篇小说《遗忘》发表于《北京文学》第5期。
中篇小说《决斗》发表于《湘江文艺》第6期。

2020年
短篇小说《晚霞》发表于《北京文学》第5期。
短篇小说《军大氅》发表于《中国作家》第8期。

百年中篇典藏

林贤治 主编

《阿Q正传》　鲁迅 著

《她是一个弱女子》　郁达夫 著

《莎菲女士的日记》　丁玲 著

《二月》　柔石 著

《生死场》　萧红 著

《林家铺子》　茅盾 著

《丽莎的哀怨》　蒋光慈 著

《长河·边城》　沈从文 著

《阳光》　老舍 著

《八月的乡村》　萧军 著

《小二黑结婚》　赵树理 著

《饥饿的郭素娥》　路翎 著

《组织部来了个年轻人》　王蒙 著

《大淖记事》　汪曾祺 著

《绿化树》　张贤亮 著

《被爱情遗忘的角落》　张弦 著

《人到中年》　谌容 著

《小鲍庄》　王安忆 著

《关于詹牧师的报告文学》　史铁生 著

《褐色鸟群》　格非 著

《妻妾成群》　苏童 著

《小灯》　尤凤伟 著

《回廊之椅》　林白 著

《到城里去》　刘庆邦 著